AURA

BOOKS BY CARLOS FUENTES

Aura

Distant Relations

Constancia and Other Stories for Virgins

Terra Nostra

The Campaign

The Old Gringo

Where the Air Is Clear

The Death of Artemio Cruz

The Good Conscience

Burnt Water

The Hydra Head

A Change of Skin

Christopher Unborn

Diana: The Goddess Who Hunts Alone

The Orange Tree

Myself with Others

The Buried Mirror

A New Time for Mexico

The Crystal Frontier

AURA

CARLOS

FUENTES

FUENTES

CARLOS

AURA

Farrar, Straus and Giroux
18 West 18th Street, New York 10011

Printed in the United States of America
Originally published in Spanish
under the title *Aura*, copyright © 1962 by
Ediciones Era, S.A.
Published in hardcover by
Farrar, Straus and Giroux in 1980
First paperback edition, 1975

Library of Congress Cataloging-in-Publication Data
Fuentes, Carlos.
    Aura / Carlos Fuentes.
    English and Spanish.
      p. cm.
    ISBN-13: 978-0-374-51171-5
    ISBN-10: 0-374-51171-3
    I. Title.

PZ4.F952Au7 [PQ7297.F793]   863
                                 75-2417

Designed by Pat de Groot

www.fsgbooks.com

translated by
L Y S A N D E R   K E M P

Farrar, Straus and Giroux
NEW YORK

El hombre caza y lucha.
La mujer intriga y sueña;
es la madre de la fantasía,
de los dioses.
Posee la segunda visión,
las alas que le permiten volar hacia
el infinito del
deseo y de la imaginación . . .
Los dioses son como los hombres:
nacen y mueren sobre
el pecho de una mujer . . .

Man hunts and struggles.
Woman intrigues and dreams;
she is the mother of fantasy,
the mother of the gods.
She has second sight,
the wings that enable her to fly
to the infinite of
desire and the imagination . . .
The gods are like men:
they are born and they die
on a woman's breast . . .

JULES MICHELET

AURA

Lees ese anuncio: una oferta de esa naturaleza no se hace todos los días. Lees y relees el aviso. Parece dirigido a ti, a nadie más. Distraído, dejas que la ceniza del cigarro caiga dentro de la taza de té que has estado bebiendo en este cafetín sucio y barato. Tú releerás. Se solicita historiador joven. Ordenado. Escrupuloso. Conocedor

2

1

You're reading the advertisement: an offer like this isn't made every day. You read it and reread it. It seems to be addressed to you and nobody else. You don't even notice when the ash from your cigarette falls into the cup of tea you ordered in this cheap, dirty café. You read it again. "Wanted, young historian, conscientious, neat. Per-

3

de la lengua francesa. Conocimiento perfecto, coloquial. Capaz de desempeñar labores de secretario. Juventud, conocimiento del francés, preferible si ha vivido en Francia algún tiempo. Tres mil pesos mensuales, comida y recámara cómoda, asoleada, apropiada estudio. Sólo falta tu nombre. Sólo falta que las letras más negras y llamativas del aviso informen: Felipe Montero. Se solicita Felipe Montero, antiguo becario en la Sorbona, historiador cargado de datos inútiles, acostumbrado a exhumar papeles amarillentos, profesor auxiliar en escuelas particulares, novecientos pesos mensuales. Pero si leyeras eso, sospecharías, lo tomarías a broma. Donceles *815*. Acuda en persona. No hay teléfono.

Recoges tu portafolio y dejas la propina. Piensas que otro historiador joven, en condiciones semejantes a las tuyas, ya ha leído ese mismo aviso, tomado la delantera, ocupado el puesto. Tratas de olvidar mientras caminas a la esquina. Esperas el autobús, enciendes un cigarrillo, repites en

fect knowledge colloquial French." Youth
. . . knowledge of French, preferably
after living in France for a while . . .
"Four thousand pesos a month, all meals,
comfortable bedroom-study." All that's
missing is your name. The advertisement
should have two more words, in bigger,
blacker type: Felipe Montero. Wanted,
Felipe Montero, formerly on scholarship
at the Sorbonne, historian full of useless
facts, accustomed to digging among yellowed documents, part-time teacher in
private schools, nine hundred pesos a
month. But if you read that, you'd be sus-
picious, and take it as a joke. "Address,
Donceles 815." No telephone. Come in per-
son.

You leave a tip, reach for your brief case,
get up. You wonder if another young historian, in the same situation you are, has
seen the same advertisement, has got
ahead of you and taken the job already.
You walk down to the corner, trying to
forget this idea. As you wait for the bus,
you run over the dates you must have on

silencio las fechas que debes memorizar para que esos miños amodorrados te respeten. Tienes que prepararte. El autobús se acerca y tú estás observando las puntas de tus zapatos negros. Tienes que prepararte. Metes la mano en el bolsillo, juegas con las monedas de cobre, por fin escoges treinta centavos, los aprietas con el puño y alargas el brazo para tomar firmemente el barrote de fierro del camión que nunca se detiene, saltar, abrirte paso, pagar los treinta centavos, acomodarte difícilmente entre los pasajeros apretujados que viajan de pie, apoyar tu mano derecha en el pasamanos, apretar el portafolio contra el costado y colocar distraídamente la mano izquierda sobre la bolsa trasera del pantalón, donde guardas los billetes.

Vivirás ese día, idéntico a los demás, y no volverás a recordarlo sino al día siguiente, cuando te sientes de nuevo en la mesa del cafetín, pidas el desayuno y abras el periódico. Al llegar a la página de anuncios, allí estarán, otra vez, esas letras destacadas: *historiador joven*. Nadie acudió ayer.

the tip of your tongue so that your sleepy pupils will respect you. The bus is coming now, and you're staring at the tips of your black shoes. You've got to be prepared. You put your hand in your pocket, search among the coins, and finally take out thirty centavos. You've got to be prepared. You grab the handrail—the bus slows down but doesn't stop—and jump aboard. Then you shove your way forward, pay the driver the thirty centavos, squeeze yourself in among the passengers already standing in the aisle, hang onto the overhead rail, press your brief case tighter under your left arm, and automatically put your left hand over the back pocket where you keep your billfold.

This day is just like any other day, and you don't remember the advertisement until the next morning, when you sit down in the same café and order breakfast and open your newspaper. You come to the advertising section and there it is again: *young historian*. The job is still open. You reread the advertisement, lingering over

Leerás el anuncio. Te detendrás en el último renglón: cuatro mil pesos.

Te sorprenderá imaginar que alguien vive en la calle de Donceles. Siempre has creído que en el viejo centro de la ciudad no vive nadie. Caminas con lentitud, tratando de distinguir el número *815* en este conglomerado de viejos palacios coloniales convertidos en talleres de reparación, relojerías, tiendas de zapatos y expendios de aguas frescas. Las nomenclaturas han sido revisadas, superpuestas, confundidas. El *13* junto al *200*, el antiguo azulejo numerado —*47*— encima de la nueva advertencia pintada con tiza: *ahora 924*. Levantarás la mirada a los segundos pisos: allí nada cambia. Las sinfonolas no perturban, las luces de mercurio no iluminan, las baratijas expuestas no adornan ese segundo rostro de los edificios. Unidad del tezontle, los nichos con sus santos truncos coronados de palomas, la piedra labrada de barroco mexicano, los balcones de celosía, las troneras y los canales de lámina, las gárgolas de arenisca. Las ventanas ensombrecidas por lar-

8

the final words: four thousand pesos.

It's surprising to know that anyone lives on Donceles Street. You always thought that nobody lived in the old center of the city. You walk slowly, trying to pick out the number *815* in that conglomeration of old colonial mansions, all of them converted into repair shops, jewelry shops, shoe stores, drugstores. The numbers have been changed, painted over, confused. A *13* next to a *200*. An old plaque reading *47* over a scrawl in blurred charcoal: *Now 924*. You look up at the second stories. Up there, everything is the same as it was. The jukeboxes don't disturb them. The mercury streetlights don't shine in. The cheap merchandise on sale along the street doesn't have any effect on that upper level; on the baroque harmony of the carved stones; on the battered stone saints with pigeons clustering on their shoulders; on the latticed balconies, the copper gutters, the sandstone gargoyles; on the greenish curtains that darken the long windows; on that window from which someone draws

9

gas cortinas verdosas: esa ventana de la cual se retira alguien en cuanto tú la miras, miras la portada de vides caprichosas, bajas la mirada al zaguán despintado y descubres *815, antes 69.*

Tocas en vano con esa manija, esa cabeza de perro en cobre, gastada, sin relieves: semejante a la cabeza de un feto canino en los museos de ciencias naturales. Imaginas que el perro te sonríe y sueltas su contacto helado. La puerta cede al empuje levísimo, de tus dedos, y antes de entrar miras por última vez sobre tu hombro, frunces el ceño porque la larga fila detenida de camiones y autos gruñe, pita, suelta el humo insano de su prisa. Tratas, inútilmente, de retener una sola imagen de ese mundo exterior indiferenciado.

Cierras el zaguán detrás de ti e intentas penetrar la oscuridad de ese callejón techado —patio, porque puedes oler el musgo, la humedad de las plantas, las raíces podridas, el perfume adormecedor y espeso—. Buscas en vano una luz que te guíe. Buscas la caja de fósforos en la bolsa

back when you look at it. You gaze at the fanciful vines carved over the doorway, then lower your eyes to the peeling wall and discover *815, formerly 69.*

You rap vainly with the knocker, that copper head of a dog, so worn and smooth that it resembles the head of a canine foetus in a museum of natural science. It seems as if the dog is grinning at you and you let go of the cold metal. The door opens at the first light push of your fingers, but before going in you give a last look over your shoulder, frowning at the long line of stalled cars that growl, honk, and belch out the unhealthy fumes of their impatience. You try to retain some single image of that indifferent outside world.

You close the door behind you and peer into the darkness of a roofed alleyway. It must be a patio of some sort, because you can smell the mold, the dampness of the plants, the rotting roots, the thick drowsy aroma. There isn't any light to guide you, and you're searching in your coat pocket for the box of matches when a sharp, thin

11

de tu saco pero esa voz aguda y cascada te advierte desde lejos:

—No... no es necesario. Le ruego. Camine trece pasos hacia el frente y encontrará la escalera a su derecha. Suba, por favor. Son veintidós escalones. Cuéntelos.

Trece. Derecha. Veintidós.

El olor de la humedad, de las plantas podridas, te envolverá mientras marcas tus pasos, primero sobre las baldosas de piedra, enseguida sobre esa madera crujiente, fofa por la humedad y el encierro. Cuentas en voz baja hasta veintidós y te detienes, con la caja de fósforos entre las manos, el portafolio apretado contra las costillas. Tocas esa puerta que huele a pino viejo y húmedo; buscas una manija; terminas por empujar y sentir, ahora, un tapete bajo tus pies. Un tapete delgado, mal extendido, que te hará tropezar y darte cuenta de la nueva luz, grisácea y filtrada, que ilumina ciertos contornos.

—Señora —dices con una voz monótona, porque crees recordar una voz de mujer— Señora...

voice tells you, from a distance: "No, it isn't necessary. Please. Walk thirteen steps forward and you'll come to a stairway at your right. Come up, please. There are twenty-two steps. Count them."

Thirteen. To the right. Twenty-two.

The dank smell of the plants is all around you as you count out your steps, first on the paving-stones, then on the creaking wood, spongy from the dampness. You count to twenty-two in a low voice and then stop, with the matchbox in your hand, and the brief case under your arm. You knock on a door that smells of old pine. There isn't any knocker. Finally you push it open. Now you can feel a carpet under your feet, a thin carpet, badly laid. It makes you trip and almost fall. Then you notice the grayish filtered light that reveals some of the humps.

"Señora," you say, because you seem to remember a woman's voice. "Señora . . ."

"Now turn to the left. The first door. Please be so kind."

You push the door open: you don't ex-

13

—Ahora a su izquierda. La primera puerta. Tenga la amabilidad.

Empujas esa puerta —ya no esperas que alguna se cierre propiamente; ya sabes que todas son puertas de golpe— y las luces dispersas se trenzan en tus pestañas, como si atravesaras una tenue red de seda. Sólo tienes ojos para esos muros de reflejos desiguales, donde parpadean docenas de luces. Consigues, al cabo, definirlas como veladoras, colocadas sobre repisas y entrepaños de ubicación asimétrica. Levemente, iluminan otras luces que son corazones de plata, frascos de cristal, vidrios enmarcados, y sólo detrás de este brillo intermitente verás, al fondo, la cama y el signo de una mano que parece atraerte con su movimiento pausado.

Lograrás verla cuando des la espalda a ese firmamento de luces devotas. Tropiezas al pie de la cama; debes rodearla para acercarte a la cabecera. Allí, esa figura pequeña se pierde en la inmensidad de la cama; al extender la mano no tocas otra mano, sino la piel gruesa, afieltrada, las orejas de ese

pect any of them to be latched, you know they all open at a push. The scattered lights are braided in your eyelashes, as if you were seeing them through a silken net. All you can make out are the dozens of flickering lights. At last you can see that they're votive lights, all set on brackets or hung between unevenly-spaced panels. They cast a faint glow on the silver objects, the crystal flasks, the gilt-framed mirrors. Then you see the bed in the shadows beyond, and the feeble movement of a hand that seems to be beckoning to you.

But you can't see her face until you turn your back on that galaxy of religious lights. You stumble to the foot of the bed, and have to go around it in order to get to the head of it. A tiny figure is almost lost in its immensity. When you reach out your hand, you don't touch another hand, you touch the ears and thick fur of a creature that's chewing silently and steadily, looking up at you with its glowing red eyes. You smile and stroke the rabbit that's crouched beside her hand. Finally you

objeto que roe con un silencio tenaz y te
ofrece sus ojos rojos: sonríes y acaricias al
conejo que yace al lado de la mano que, por
fin, toca la tuya con unos dedos sin tem-
peratura que se detienen largo tiempo
sobre tu palma húmeda, la voltean y acer-
can tus dedos abiertos a la almohada de
encajes que tocas para alejar tu mano de la
otra.

—Felipe Montero. Leí su anuncio.

—Sí, ya sé. Perdón, no hay asiento.

—Estoy bien. No se preocupe.

—Está bien. Por favor, póngase de perfil.
No lo veo bien. Que le dé la luz. Así. Claro.

—Leí su anuncio . . .

—Claro. Lo leyó. ¿Se siente calificado?—
Avez vous fait des études?

—*A Paris, madame.*

—*Ah, oui, ça me fait plaisir, toujours,
toujours, d'entendre . . . oui . . . vous
savez . . . on était tellement habitué . . .
et après . . .*

Te apartarás para que la luz combinada
de la plata, la cera y el vidrio dibuje esa
cofia de seda que debe recoger un pelo muy

shake hands, and her cold fingers remain for a long while in your sweating palm.

"I'm Felipe Montero. I read your advertisement."

"Yes, I know. I'm sorry, there aren't any chairs."

"That's all right. Don't worry about it."

"Good. Please let me see your profile. No, I can't see it well enough. Turn toward the light. That's right. Excellent."

"I read your advertisement . . ."

"Yes, of course. Do you think you're qualified? *Avez-vous fait des études?*"

"*A Paris, madame.*"

"*Ah, oui, ça me fait plaisir, toujours, toujours, d'entendre . . . oui . . . vous savez . . . on était tellement habitué . . . et après . . .*"

You move aside so that the light from the candles and the reflections from the silver and crystal show you the silk coif that must cover a head of very white hair, and that frames a face so old it's almost childlike. Her whole body is covered by the sheets and the feather pillows and the

1 7

blanco y enmarcar un rostro casi infantil de tan viejo. Los apretados botones del cuello blanco que sube hasta las orejas ocultas por la cofia, las sábanas y los edredones velan todo el cuerpo con excepción de los brazos envueltos en un chal de estambre, las manos pálidas que descansan sobre el vientre: sólo puedes fijarte en el rostro, hasta que un movimiento del conejo te permite desviar la mirada y observar con disimulo esas migajas, esas costras de pan regadas sobre los edredones de seda roja, raídos y sin lustre.

—Voy al grano. No me quedan muchos años por delante, señor Montero, y por ello he preferido violar la costumbre de toda una vida y colocar ese anuncio en el periódico.

—Sí, por eso estoy aquí.

—Sí. Entonces acepta.

—Bueno, desearía saber algo más...

—Naturalmente. Es usted curioso.

Ella te sorprenderá observando la mesa de noche, los frascos de distinto color, los vasos, las cucharas de aluminio, los car-

high, tightly buttoned white collar, all ex-
cept for her arms, which are wrapped in a
shawl, and her pallid hands resting on her
stomach. You can only stare at her face
until a movement of the rabbit lets you
glance furtively at the crusts and bits of
bread scattered on the worn-out red silk
of the pillows.

"I'll come directly to the point. I don't
have many years ahead of me, Señor Montero, and therefore I decided to break a life-
long rule and place an advertisement in
the newspaper."

"Yes, that's why I'm here."

"Of course. So you accept."

"Well, I'd like to know a little more."

"Yes. You're wondering."

She sees you glance at the night table,
the different-colored bottles, the glasses,
the aluminum spoons, the row of pillboxes,
the other glasses—all stained with whitish
liquids—on the floor within reach of her
hand. Then you notice that the bed is
hardly raised above the level of the floor.

19

tuchos alineados de píldoras y comprimidos, los demás vasos manchados de líquidos blancuzcos que están dispuestos en el suelo, al alcance de la mano de la mujer recostada sobre esta cama baja. Entonces te darás cuenta de que es una cama apenas elevada sobre el ras del suelo, cuando el conejo salte y se pierda en la oscuridad.

—Le ofrezco cuatro mil pesos.

—Sí, eso dice el aviso de hoy.

—Ah, entonces ya salió.

—Sí, ya salió.

—Se trata de los papeles de mi marido, el general Llorente. Deben ser ordenados antes de que muera. Deben ser publicados. Lo he decidido hace poco.

—Y el propio general, ¿no se encuentra capacitado para . . . ?

—Murió hace sesenta años, señor. Son sus memorias inconclusas. Deben ser completadas. Antes de que yo muera.

—Pero . . .

—Yo le informaré de todo. Usted aprenderá a redactar en el estilo de mi esposo. Le bastará ordenar y leer los papeles para

Suddenly the rabbit jumps down and disappears in the shadows.

"I can offer you four thousand pesos."

"Yes, that's what the advertisement said today."

"Ah, then it came out."

"Yes, it came out."

"It has to do with the memoirs of my husband, General Llorente. They must be put in order before I die. I want them to be published. I decided that a short time ago."

"But the General himself? Wouldn't he be able to . . ."

"He died sixty years ago, Señor. They're his unfinished memoirs. They have to be completed before I die."

"But . . ."

"I can tell you everything. You'll learn to write in my husband's own style. You'll only have to arrange and read his manuscripts to become fascinated by his style . . . his clarity . . . his . . ."

"Yes, I understand."

"Saga, Saga. Where are you? *Ici*, Saga!"

"Who?"

sentirse fascinado por esa prosa, por esa
transparencia, esa, esa . . .

—Sí, comprendo.

—Saga. Saga. ¿Dónde está? *Ici*, Saga . . .

—¿Quién?

—Mi compañía.

—¿El conejo?

—Sí, volverá.

Levantarás los ojos, que habías mante-
nido bajos, y ella ya habrá cerrado los
labios, pero esa palabra—volverá—vuelves
a escucharla como si la anciana la estuviese
pronunciando en ese momento. Permanecen inmóviles. Tú miras hacia atrás; te
ciega el brillo de la corona parpadeante de
objetos religiosos. Cuando vuelves a mirar
a la señora, sientes que sus ojos se han
abierto desmesuradamente y que son
claros, líquidos, inmensos, casi del color de
la córnea amarillenta que los rodea, de
manera que sólo el punto negro de la pupila
rompe esa claridad perdida, minutos antes,
en los pliegues gruesos de los párpados
caídos como para proteger esa mirada que
ahora vuelve a esconderse—a retraerse,

"My companion."

"The rabbit?"

"Yes. She'll come back."

When you raise your eyes, which you've been keeping lowered, her lips are closed but you can hear her words again—"She'll come back"—as if the old lady were pronouncing them at that instant. Her lips remain still. You look in back of you and you're almost blinded by the gleam from the religious objects. When you look at her again you see that her eyes have opened very wide, and that they're clear, liquid, enormous, almost the same color as the yellowish whites around them, so that only the black dots of the pupils mar that clarity. It's lost a moment later in the heavy folds of her lowered eyelids, as if she wanted to protect that glance which is now hiding at the back of its dry cave.

"Then you'll stay here. Your room is upstairs. It's sunny there."

"It might be better if I didn't trouble you, Señora. I can go on living where I am and work on the manuscripts there."

piensas—en el fondo de su cueva seca.

—Entonces se quedará usted. Su cuarto está arriba. Allí sí entra la luz.

—Quizás, señora, sería mejor que no la importunara. Yo puedo seguir viviendo donde siempre y revisar los papeles en mi propia casa...

—Mis condiciones son que viva aquí. No queda mucho tiempo.

—No sé...

—Aura...

La señora se moverá por la primera vez desde que tú entraste a su recámara; al extender otra vez su mano, tú sientes esa respiración agitada a tu lado y entre la mujer y tú se extiende otra mano que toca los dedos de la anciana. Miras a un lado y la muchacha está allí, esa muchacha que no alcanzas a ver de cuerpo entero porque está tan cerca de ti y su aparición fue imprevista, sin ningún ruido —ni siquiera los ruidos que no se escuchan pero que son reales porque se recuerdan ínmediatamente, porque a pesar de todo son más fuertes que el silencio que los acompañó—.

"My conditions are that you have to live here. There isn't much time left."

"I don't know if . . ."

"Aura . . ."

The old woman moves for the first time since you entered her room. As she reaches out her hand again, you sense that agitated breathing beside you, and another hand reaches out to touch the Señora's fingers. You look around and a girl is standing there, a girl whose whole body you can't see because she's standing so close to you and her arrival was so unexpected, without the slightest sound—not even those sounds that can't be heard but are real anyway because they're remembered immediately afterwards, because in spite of everything they're louder than the silence that accompanies them.

"I told you she'd come back."

"Who?"

"Aura. My companion. My niece."

"Good afternoon."

The girl nods and at the same instant the old lady imitates her gesture.

—Le dije que regresaría . . .

—¿Quién?

—Aura. Mi compañera. Mi sobrina.

—Buenas tardes.

La joven inclinará la cabeza y la anciana, al mismo tiempo que ella, remedará el gesto.

—Es el señor Montero. Va a vivir con nosotras.

Te moverás unos pasos para que la luz de las veladoras no te ciegue. La muchacha mantiene los ojos cerrados, las manos cruzadas sobre un muslo: no te mira. Abre los ojos poco a poco, como si temiera los fulgores de la recámara. Al fin, podrás ver esos ojos de mar que fluyen, se hacen espuma, vuelven a la calma verde, vuelven a inflamarse como una ola: tú los ves y te repites que no es cierto, que son unos hermosos ojos verdes idénticos a todos los hermosos ojos verdes que has conocido o podrás conocer. Sin embargo, no te engañas: esos ojos fluyen, se transforman, como si te ofrecieran un paisaje que sólo tú puedes adivinar y desear.

—Sí. Voy a vivir con ustedes.

"This is Señor Montero. He's going to live with us."

You move a few steps so that the light from the candles won't blind you. The girl keeps her eyes closed, her hands at her sides. She doesn't look at you at first, then little by little she opens her eyes as if she were afraid of the light. Finally you can see that those eyes are sea green and that they surge, break to foam, grow calm again, then surge again like a wave. You look into them and tell yourself it isn't true, because they're beautiful green eyes just like all the beautiful green eyes you've ever known. But you can't deceive yourself: those eyes do surge, do change, as if offering you a landscape that only you can see and desire.

"Yes. I'm going to live with you."

2

La anciana sonreirá, incluso reirá con su timbre agudo y dirá que le agrada tu buena voluntad y que la joven te mostrará tu recámara, mientras tú piensas en el sueldo de cuatro mil pesos, el trabajo que puede ser agradable porque a ti te gustan estas tareas meticulosas de investigación, que excluyen el esfuerzo físico, el traslado de un

2

The old woman laughs sharply and tells
you that she is grateful for your kindness
and that the girl will show you to your
room. You're thinking about the salary of
four thousand pesos, and how the work
should be pleasant because you like these
jobs of careful research that don't include
physical effort or going from one place to

29

lugar a otro, los encuentros inevitables y
molestos con otras personas. Piensas en
todo esto al seguir los pasos de la joven —te
das cuenta de que no la sigues con la vista,
sino con el oído: sigues el susurro de la
falda, el crujido de una tafeta— y estás
ansiando, ya, mirar nuevamente esos ojos.
Asciendes detrás del ruido, en medio de la
oscuridad, sin acostumbrarte aún a las
tinieblas: recuerdas que deben ser cerca de
las seis de la tarde y te sorprende la inunda-
ción de luz de tu recámara, cuando la
mano de Aura empuje la puerta —otra
puerta sin cerradura— y en seguida se
aparte de ella y te diga:

—Aquí es su cuarto. Lo esperamos a
cenar dentro de una hora.

Y se alejará, con ese ruido de tafeta, sin
que hayas podido ver otra vez su rostro.

Cierras —empujas— la puerta detrás de
ti y al fin levantas los ojos hacia el tragaluz
inmenso que hace las veces de techo. Sonríes al darte cuenta de que ha bastado la
luz del crepúsculo para cegarte y contrastar
con la penumbra del resto de la casa. Prue-

another or meeting people you don't want to meet. You're thinking about this as you follow her out of the room, and you discover that you've got to follow her with your ears instead of your eyes: you follow the rustle of her skirt, the rustle of taffeta, and you're anxious now to look into her eyes again. You climb the stairs behind that sound in the darkness, and you're still unused to the obscurity. You remember it must be about six in the afternoon, and the flood of light surprises you when Aura opens the door to your bedroom—another door without a latch—and steps aside to tell you: "This is your room. We'll expect you for supper in an hour."

She moves away with that same faint rustle of taffeta, and you weren't able to see her face again.

You close the door and look up at the skylight that serves as a roof. You smile when you find that the evening light is blinding compared with the darkness in the rest of the house, and smile again when you try out the mattress on the

bas, con alegría, la blandura del colchón
en la cama de metal dorado y recorres con
la mirada el cuarto: el tapete de lana roja,
los muros empapelados, oro y oliva, el sillón
de terciopelo rojo, la vieja mesa de trabajo,
nogal y cuero verde, la lámpara antigua,
de quinqué, luz opaca de tus noches de
investigación, el estante clavado encima de
la mesa, al alcance de tu mano, con los
tomos encuadernados. Caminas hacia la
otra puerta y al empujarla descubres un
baño pasado de moda: tina de cuatro patas,
con florecillas pintadas sobre la porcelana,
un aguamanil azul, un retrete incómodo.
Te observas en el gran espejo ovalado del
guardarropa, también de nogal, colocado
en la sala de baño. Mueves tus cejas pobla-
das, tu boca larga y gruesa que llena de
vaho el espejo; cierras tus ojos negros y, al
abrirlos, el vaho habrá desaparecido. Dejas
de contener la respiración y te pasas una
mano por el pelo oscuro y lacio; tocas con
ella tu perfil recto, tus mejillas delgadas.
Cuando el vaho opaque otra vez el rostro,
estarás repitiendo ese nombre, Aura.

gilded metal bed. Then you glance around the room: a red wool rug, olive and gold wallpaper, an easy chair covered in red velvet, an old walnut desk with a green leather top, an old Argand lamp with its soft glow for your nights of research, and a bookshelf over the desk in reach of your hand. You walk over to the other door, and on pushing it open you discover an out-moded bathroom: a four-legged bathtub with little flowers painted on the porce-lain, a blue hand basin, an old-fashioned toilet. You look at yourself in the large oval mirror on the door of the wardrobe—it's also walnut—in the bathroom hall-way. You move your heavy eyebrows and wide thick lips, and your breath fogs the mirror. You close your black eyes, and when you open them again the mirror has cleared. You stop holding your breath and run your hand through your dark, limp hair; you touch your fine profile, your lean cheeks; and when your breath hides your face again you're repeating her name: "Aura."

33

Consultas el reloj, después de fumar dos cigarrillos, recostado en la cama. De pie, te pones el saco y te pasas el peine por el cabello. Empujas la puerta y tratas de recordar el camino que recorriste al subir. Quisieras dejar la puerta abierta, para que la luz del quinqué te guíe: es imposible, porque los resortes la cierran. Podrías entretenerte columpiando esa puerta. Podrías tomar el quinqué y descender con él. Renuncias porque ya sabes que esta casa siempre se encuentra a oscuras. Te obligarás a conocerla y reconocerla por el tacto. Avanzas con cautela, como un ciego, con los brazos extendidos, rozando la pared, y es tu hombro lo que, inadvertidamente, aprieta el contacto de la luz eléctrica. Te detienes, guiñando, en el centro iluminado de ese largo pasillo desnudo. Al fondo, el pasamanos y la escalera de caracol.

Desciendes contando los peldaños: otra costumbre inmediata que te habrá impuesto la casa de la señora Llorente. Bajas contando y das un paso atrás cuando encuentres los ojos rosados del conejo que en

34

After smoking two cigarettes while lying on the bed, you get up, put on your jacket, and comb your hair. You push the door open and try to remember the route you followed coming up. You'd like to leave the door open so that the lamplight could guide you, but that's impossible because the springs close it behind you. You could enjoy playing with that door, swinging it back and forth. You don't do it. You could take the lamp down with you. You don't do it. This house will always be in darkness, and you've got to learn it and relearn it by touch. You grope your way like a blind man, with your arms stretched out wide, feeling your way along the wall, and by accident you turn on the light-switch. You stop and blink in the bright middle of that long, empty hall. At the end of it you can see the bannister and the spiral staircase.

You count the stairs as you go down: another custom you've got to learn in Señora Llorente's house. You take a step backward when you see the reddish eyes of the rab-

seguida te da la espalda y sale saltando.

No tienes tiempo de detenerte en el vestíbulo porque Aura, desde una puerta entreabierta de cristales opacos, te estará esperando con el candelabro en la mano. Caminas, sonriendo, hacia ella; te detienes al escuchar los maullidos dolorosos de varios gatos —sí, te detienes a escuchar, ya cerca de la mano de Aura, para cerciorarte de que son varios gatos— y la sigues a la sala: Son los gatos —dirá Aura—. Hay tanto ratón en esta parte de la ciudad.

Cruzan el salón: muebles forrados de seda mate, vitrinas donde han sido colocados muñecos de porcelana, relojes musicales, condecoraciones y bolas de cristal; tapetes de diseño persa, cuadros con escenas bucólicas, las cortinas de terciopelo verde corridas. Aura viste de verde.

—¿Se encuentra cómodo?

—Sí. Pero necesito recoger mis cosas en la casa donde...

—No es necesario. El criado ya fue a buscarlas.

—No se hubieran molestado.

bit, which turns its back on you and goes hopping away.

You don't have time to stop in the lower hallway because Aura is waiting for you at a half-open stained-glass door, with a candelabra in her hand. You walk toward her, smiling, but you stop when you hear the painful yowling of a number of cats— yes, you stop to listen, next to Aura, to be sure that they're cats—and then follow her to the parlor.

"It's the cats," Aura tells you. "There are lots of rats in this part of the city."

You go through the parlor: furniture upholstered in faded silk; glass-fronted cabinets containing porcelain figurines, musical clocks, medals, glass balls; carpets with Persian designs; pictures of rustic scenes; green velvet curtains. Aura is dressed in green.

"Is your room comfortable?"

"Yes. But I have to get my things from the place where . . ."

"It won't be necessary. The servant has already gone for them."

37

Entras, siempre detrás de ella, al comedor. Ella colocará el candelabro en el centro de la mesa; tú sientes un frío húmedo. Todos los muros del salón están recubiertos de una madera oscura, labrada al estilo gótico, con ojivas y rosetones calados. Los gatos han dejado de maullar. Al tomar asiento, notas que han sido dispuestos cuatro cubiertos y que hay dos platones calientes bajo cacerolas de plata y una botella vieja y brillante por el limo verdoso que la cubre.

Aura apartará la cacerola. Tú aspiras el olor pungente de los riñones en salsa de cebolla que ella te sirve mientras tú tomas la botella vieja y llenas los vasos de cristal cortado con ese líquido rojo y espeso. Tratas, por curiosidad, de leer la etiqueta del vino, pero el limo lo impide. Del otro platón, Aura toma unos tomates enteros, asados.

—Perdón —dices, observando los dos cubiertos extra, las dos sillas desocupadas— ¿Esperamos a alguien más?

Aura continúa sirviendo los tomates:

38

"You shouldn't have bothered."

You follow her into the dining room. She places the candelabra in the middle of the table. The room feels damp and cold. The four walls are paneled in dark wood, carved in Gothic style, with fretwork arches and large rosettes. The cats have stopped yowling. When you sit down, you notice that four places have been set. There are two large, covered plates and an old, grimy bottle.

Aura lifts the cover from one of the plates. You breathe in the pungent odor of the liver and onions she serves you, then you pick up the old bottle and fill the cut-glass goblets with that thick red liquid. Out of curiosity you try to read the label on the wine bottle, but the grime has obscured it. Aura serves you some whole broiled tomatoes from the other plate.

"Excuse me," you say, looking at the two extra places, the two empty chairs, "but are you expecting someone else?"

Aura goes on serving the tomatoes. "No.

—No. La señora Consuelo se siente débil esta noche. No nos acompañará.

—¿La señora Consuelo? ¿Su tía?

—Sí. Le ruega que pase a verla después de la cena.

Comen en silencio. Beben ese vino particularmente espeso, y tú desvías una y otra vez la mirada para que Aura no te sorprenda en esa impudicia hipnótica que no puedes controlar. Quieres, aún entonces, fijar las facciones de la muchacha en tu mente. Cada vez que desvíes la mirada, las habrás olvidado ya y una urgencia impostergable te obligará a mirarla de nuevo. Ella mantiene, como siempre, la mirada baja y tú, al buscar el paquete de cigarrillos en la bolsa del saco, encuentras ese llavín, recuerdas, le dices a Aura:

—¡Ah! Olvidé que un cajón de mi mesa está cerrado con llave. Allí tengo mis documentos.

Y ella murmurará:

—Entonces... ¿quiere usted salir?

Lo dice como un reproche. Tú te sientes confundido y alargas la mano con el

40

Señora Consuelo feels a little ill tonight. She won't be joining us."

"Señora Consuelo? Your aunt?"

"Yes. She'd like you to go in and see her after supper."

You eat in silence. You drink that thick wine, occasionally shifting your glance so that Aura won't catch you in the hypnotized stare that you can't control. You'd like to fix the girl's features in your mind. Every time you look away you forget them again, and an irresistible urge forces you to look at her once more. As usual, she has her eyes lowered. While you're searching for the pack of cigarettes in your coat pocket, you run across that big key, and remember, and say to Aura: "Ah! I forgot that one of the drawers in my desk is locked. I've got my papers in it."

And she murmurs: "Then you want to go out?" She says it as a reproach.

You feel confused, and reach out your hand to her with the key dangling from one finger.

41

llavín colgado de un dedo, se lo ofreces.

—No urge.

Pero ella se aparta del contacto de tus manos, mantiene las suyas sobre el regazo, al fin levanta la mirada y tú vuelves a dudar de tus sentidos, atribuyes al vino el aturdimiento, el mareo que te producen esos ojos verdes, limpios, brillantes, y te pones de pie, detrás de Aura, acariciando el respaldo de madera de la silla gótica, sin atreverte a tocar los hombros desnudos de la muchacha, la cabeza que se mantiene inmóvil. Haces un esfuerzo para contenerte, distraes tu atención escuchando el batir imperceptible de otra puerta, a tus espaldas, que debe conducir a la cocina, descompones los dos elementos plásticos del comedor: el círculo de luz compacta que arroja el candelabro y que ilumina la mesa y un extremo del muro labrado, el círculo mayor, de sombra, que rodea al primero. Tienes, al fin, el valor de acercarte a ella, tomar su mano, abrirla y colocar el llavero, la prenda, sobre esa palma lisa.

"It isn't important. The servant can go for them tomorrow."

But she avoids touching your hand, keeping her own hands on her lap. Finally she looks up, and once again you question your senses, blaming the wine for your bewilderment, for the dizziness brought on by those shining, clear green eyes, and you stand up after Aura does, running your hand over the wooden back of the Gothic chair, without daring to touch her bare shoulder or her motionless head.

You make an effort to control yourself, diverting your attention away from her by listening to the imperceptible movement of a door behind you—it must lead to the kitchen—or by separating the two different elements that make up the room: the compact circle of light around the candelabra, illuminating the table and one carved wall, and the larger circle of darkness surrounding it. Finally you have the courage to go up to her, take her hand, open it, and place your key-ring in her smooth palm as a token.

43

La verás apretar el puño, buscar tu mirada, murmurar:

—Gracias . . .—, levantarse, abandonar de prisa el comedor.

Tú tomas el lugar de Aura, estiras las piernas, enciendes un cigarrillo, invadido por un placer que jamás has conocido, que sabías parte de ti, pero que sólo ahora experimentas plenamente, liberándolo, arrojándolo fuera porque sabes que esta vez encontrará respuesta . . . Y la señora Consuelo te espera: ella te lo advirtió: te espera después de la cena . . .

Has aprendido el camino. Tomas el candelabro y cruzas la sala y el vestíbulo. La primera puerta, frente a ti, es la de la anciana. Tocas con los nudillos, sin obtener respuesta. Tocas otra vez. Empujas la puerta: ella te espera. Entras con cautela, murmurando:

—Señora . . . Señora . . .

Ella no te habrá escuchado, porque la descubres hincada ante ese muro de las devociones, con la cabeza apoyada contra los puños cerrados. La ves de lejos: hincada,

44

She closes her hand, looks up at you, and murmurs, "Thank you." Then she rises and walks quickly out of the room.

You sit down in Aura's chair, stretch your legs, and light a cigarette, feeling a pleasure you've never felt before, one that you knew was part of you but that only now you're experiencing fully, setting it free, bringing it out because this time you know it'll be answered and won't be lost . . . And Señora Consuelo is waiting for you, as Aura said. She's waiting for you after supper . . .

You leave the dining room, and with the candelabra in your hand you walk through the parlor and the hallway. The first door you come to is the old lady's. You rap on it with your knuckles, but there isn't any answer. You knock again. Then you push the door open because she's waiting for you. You enter cautiously, murmuring: "Señora . . . Señora . . ."

She doesn't hear you, for she's kneeling in front of that wall of religious objects, with her head resting on her clenched fists.

45

cubierta por ese camisón de lana burda, con la cabeza hundida en los hombros delgados: delgada como una escultura medieval, emaciada: las piernas se asoman como dos hebras debajo del camisón, flacas, cubiertas por una erisipela inflamada; piensas en el roce continuo de la tosca lana sobre la piel, hasta que ella levanta los puños y pega al aire sin fuerzas, como si librara una batalla contra las imágenes que, al acercarte, empiezas a distinguir: Cristo, María, San Sebastián, Santa Lucía, el Arcángel Miguel, los demonios sonrientes, los únicos sonrientes en esta iconografía del dolor y la cólera: sonrientes porque, en el viejo grabado iluminado por las veladoras, ensartan los tridentes en la piel de los condenados, les vacían calderones de agua hirviente, violan a las mujeres, se embriagan, gozan de la libertad vedada a los santos. Te acercas a esa imagen central, rodeada por las lágrimas de la Dolorosa, la sangre del Crucificado, el gozo de Luzbel, la cólera del Arcángel, las vísceras conservadas en frascos de alcohol, los

You see her from a distance: she's kneeling there in her coarse woolen nightgown, with her head sunk into her narrow shoulders; she's thin, even emaciated, like a medieval sculpture; her legs are like two sticks, and they're inflamed with erysipelas. While you're thinking of the continual rubbing of that rough wool against her skin, she suddenly raises her fists and strikes feebly at the air, as if she were doing battle against the images you can make out as you tiptoe closer: Christ, the Virgin, St. Sebastian, St. Lucia, the Archangel Michael, and the grinning demons in an old print, the only happy figures in that iconography of sorrow and wrath, happy because they're jabbing their pitchforks into the flesh of the damned, pouring cauldrons of boiling water on them, violating the women, getting drunk, enjoying all the liberties forbidden to the saints. You approach that central image, which is surrounded by the tears of Our Lady of Sorrows, the blood of Our Crucified Lord, the delight of Lucifer, the anger of the Arch-

corazones de plata: la señora Consuelo, de rodillas, amenaza con los puños, balbucea las palabras que, ya cerca de ella, puedes escuchar:

—Llega, Ciudad de Dios; suena, trompeta de Gabriel; ¡Ay, pero cómo tarda en morir el mundo!

Se golpeará el pecho hasta derrumbarse, frente a las imágenes y las veladoras, con un acceso de tos. Tú la tomas de los codos, la conduces dulcemente hacia la cama, te sorprendes del tamaño de la mujer: casi una niña, doblada, corcovada, con la espina dorsal vencida: sabes que, de no ser por tu apoyo, tendría que regresar a gatas a la cama. La recuestas en el gran lecho de migajas y edredones viejos, la cubres, esperas a que su respiración se regularice, mientras las lágrimas involuntarias le corren por las mejillas transparentes.

—Perdón . . . Perdón, señor Montero . . . A las viejas sólo nos queda . . . el placer de la devoción . . . Páseme el pañuelo, por favor.

—La señorita Aura me dijo . . .

angel, the viscera preserved in bottles of alcohol, the silver heart: Señora Consuelo, kneeling, threatens them with her fists, stammering the words you can hear as you move even closer: "Come, City of God! Gabriel, sound your trumpet! Ah, how long the world takes to die!"

She beats her breast until she collapses in front of the images and candles in a spasm of coughing. You raise her by the elbow, and as you gently help her to the bed you're surprised at her smallness: she's almost a little girl, bent over almost double. You realize that without your assistance she would have had to get back to bed on her hands and knees. You help her into that wide bed with its bread crumbs and old feather pillows, and cover her up, and wait until her breathing is back to normal, while the involuntary tears run down her parchment cheeks.

"Excuse me . . . excuse me, Señor Montero. Old ladies have nothing left but . . . the pleasures of devotion . . . Give me my handkerchief, please."

—Sí, exactamente. No quiero que perdamos tiempo... Debe... debe empezar a trabajar cuanto antes... Gracias...

—Trate usted de descansar.

—Gracias... Tome...

La vieja se llevará las manos al cuello, lo desabotonará, bajará la cabeza para quitarse ese listón morado, luido, que ahora te entrega: pesado, porque una llave de cobre cuelga de la cinta.

—En aquel rincón... Abra ese baúl y traiga los papeles que están a la derecha, encima de los demás... amarrados con un cordón amarillo...

—No veo muy bien...

—Ah, sí... Es que yo estoy tan acostumbrada a las tinieblas. A mi derecha... Camine y tropezará con el arcón... Es que nos amurallaron, señor Montero. Han construido alrededor de nosotras, nos han quitado la luz. Han querido obligarme a vender. Muertas, antes. Esta casa está llena de recuerdos para nosotras. Sólo muerta me sacarán de aquí... Eso es. Gracias. Puede usted empezar a leer esta parte. Ya

"Señorita Aura told me . . ."

"Yes, of course. I don't want to lose any time. We should . . . we should begin working as soon as possible. Thank you."

"You should try to rest."

"Thank you . . . Here . . ."

The old lady raises her hand to her collar, unbuttons it, and lowers her head to remove the frayed purple ribbon that she hands to you. It's heavy because there's a copper key hanging from it.

"Over in that corner . . . Open that trunk and bring me the papers at the right, on top of the others . . . They're tied with a yellow ribbon."

"I can't see very well . . ."

"Ah, yes . . . it's just that I'm so accustomed to the darkness. To my right . . . Keep going till you come to the trunk. They've walled us in, Señor Montero. They've built up all around us and blocked off the light. They've tried to force me to sell, but I'll die first. This house is full of memories for us. They won't take me out of here till I'm dead! Yes, that's it. Thank

le iré entregando las demás. Buenas noches, señor Montero. Gracias. Mire: su candelabro se ha apagado. Enciéndalo afuera, por favor. No, no, quédese con la llave. Acéptela. Confío en usted.

—Señora . . . Hay un nido de ratones en aquel rincón . . .

—¿Ratones? Es que yo nunca voy hasta allá . . .

—Debería usted traer a los gatos aquí.

—¿Gatos? ¿Cuáles gatos? Buenas noches. Voy a dormir. Estoy fatigada.

—Buenas noches.

you. You can begin reading this part. I will give you the others later. Goodnight, Señor Montero. Thank you. Look, the candelabra has gone out. Light it outside the door, please. No, no, you can keep the key. I trust you."

"Señora, there's a rat's nest in that corner."

"Rats? I never go over there."

"You should bring the cats in here."

"The cats? What cats? Goodnight. I'm going to sleep. I'm very tired."

"Goodnight."

Lees esa misma noche los papeles amarillos, escritos con una tinta color mostaza; a veces, horadados por el descuido de una ceniza de tabaco, manchados por moscas. El francés del general Llorente no goza de las excelencias que su mujer le habrá atribuido. Te dices que tú puedes mejorar considerablemente el estilo, apretar esa narra-

That same evening you read those yellow papers written in mustard-colored ink, some of them with holes where a careless ash had fallen, others heavily fly-specked. General Llorente's French doesn't have the merits his wife attributed to it. You tell yourself you can make considerable improvements in the style, can tighten up his

ción difusa de los hechos pasados: la infancia en una hacienda oaxaqueña del siglo XIX, los estudios militares en Francia, la amistad con el Duque de Morny, con el círculo íntimo de Napoleón III, el regreso a México en el estado mayor de Maximiliano, las ceremonias y veladas del Imperio, las batallas, el derrumbe, el Cerro de las Campanas, el exilio en París. Nada que no hayan contado otros. Te desnudas pensando en el capricho deformado de la anciana, en el falso valor que atribuye a estas memorias. Te acuestas sonriendo, pensando en tus cuatro mil pesos.

Duermes, sin soñar, hasta que el chorro de luz te despierta, a las seis de la mañana, porque ese techo de vidrios no posee cortinas. Te cubres los ojos con la almohada y tratas de volver a dormir. A los diez minutos, olvidas tu propósito y caminas al baño, donde encuentras todas tus cosas dispuestas en una mesa, tus escasos trajes colgados en el ropero. Has terminado de afeitarte cuando ese maullido implorante y doloroso destruye el silencio de la mañana.

rambling account of past events: his childhood on a hacienda in Oaxaca, his military studies in France, his friendship with the duc de Morny and the intimates of Napoleon III, his return to Mexico on the staff of Maximilian, the imperial ceremonies and gatherings, the battles, the defeat in 1867, his exile in France. Nothing that hasn't been described before. As you undress you think of the old lady's distorted notions, the value she attributes to these memoirs. You smile as you get into bed, thinking of the four thousand pesos.

You sleep soundly until a flood of light wakes you up at six in the morning: that glass roof doesn't have any curtain. You bury your head under the pillow and try to go back to sleep. Ten minutes later you give it up and walk into the bathroom, where you find all your things neatly arranged on a table and your few clothes hanging in the wardrobe. Just as you finish shaving the early morning silence is broken by that painful, desperate yowling.

You try to find out where it's coming

Llega a tus oídos con una vibración atroz, rasgante, de imploración. Intentas ubicar su origen: abres la puerta que da al corredor y allí no lo escuchas: esos maullidos se cuelan desde lo alto, desde el tragaluz. Trepas velozmente a la silla, de la silla a la mesa de trabajo, y apoyándote en el librero puedes alcanzar el tragaluz, abrir uno de sus vidrios, elevarte con esfuerzo y clavar la mirada en ese jardín lateral, ese cubo de tejos y zarzas enmarañados donde cinco, seis, siete gatos —no puedes contarlos: no puedes sostenerte allí más de un segundo— encadenados unos con otros, se revuelcan envueltos en fuego, desprenden un humo opaco, un olor de pelambre incendiada. Dudas, al caer sobre la butaca, si en realidad has visto eso; quizás sólo uniste esa imagen a los maullidos espantosos que persisten, disminuyen, al cabo terminan.

Te pones la camisa, pasas un papel sobre las puntas de tus zapatos negros y escuchas, esta vez, el aviso de la campana que parece recorrer los pasillos de la casa y acercarse a tu puerta. Te asomas al corredor; Aura

from: you open the door to the hallway, but you can't hear anything from there: those cries are coming from up above, from the skylight. You jump up on the chair, from the chair onto the desk, and by supporting yourself on the bookshelf you can reach the skylight. You open one of the windows and pull yourself up to look out at that side garden, that square of yew trees and brambles where five, six, seven cats—you can't count them, can't hold yourself up there for more than a second— are all twined together, all writhing in flames and giving off a dense smoke that reeks of burnt fur. As you get down again you wonder if you really saw it: perhaps you only imagined it from those dreadful cries that continue, grow less, and finally stop.

You put on your shirt, brush off your shoes with a piece of paper, and listen to the sound of a bell that seems to run through the passageways of the house until it arrives at your door. You look out into the hallway. Aura is walking along it with

camina con esa campana en la mano, inclina la cabeza al verte, te dice que el desayuno está listo. Tratas de detenerla; Aura ya descenderá por la escalera de caracol, tocando la campana pintada de negro, como si se tratara de levantar a todo un hospicio, a todo un internado.

La sigues, en mangas de camisa, pero al llegar al vestíbulo ya no la encuentras. La puerta de la recámara de la anciana se abre a tus espaldas: alcanzas a ver la mano que asoma detrás de la puerta apenas abierta, coloca esa porcelana en el vestíbulo y se retira, cerrando de nuevo.

En el comedor, encuentras tu desayuno servido: esta vez, sólo un cubierto. Comes rápidamente, regresas al vestíbulo, tocas a la puerta de la señora Consuelo. Esa voz débil y aguda te pide que entres. Nada habrá cambiado. La oscuridad permanente. El fulgor de las veladoras y los milagros de plata.

—Buenos días, señor Montero. ¿Durmió bien?

—Sí. Leí hasta tarde.

a bell in her hand. She turns her head to look at you and tells you that breakfast is ready. You try to detain her but she goes down the spiral staircase, still ringing that black-painted bell as if she were trying to wake up a whole asylum, a whole boarding-school.

You follow her in your shirt-sleeves, but when you reach the downstairs hallway you can't find her. The door of the old lady's bedroom opens behind you and you see a hand that reaches out from behind the partly-opened door, sets a chamberpot in the hallway and disappears again, closing the door.

In the dining room your breakfast is already on the table, but this time only one place has been set. You eat quickly, return to the hallway, and knock at Señora Consuelo's door. Her sharp, weak voice tells you to come in. Nothing has changed: the perpetual shadows, the glow of the votive lights and the silver objects.

"Good morning, Señor Montero. Did you sleep well?"

La dama agitará una mano, como si deseara alejarte.

—No, no, no. No me adelante su opinión. Trabaje sobre esos papeles y cuando termine le pasaré los demás.

—Está bien, señora. ¿Podría visitar el jardín?

—¿Cuál jardín, señor Montero?

—El que está detrás de mi cuarto.

—En esta casa no hay jardín. Perdimos el jardín cuando construyeron alrededor de la casa.

—Pensé que podría trabajar mejor al aire libre.

—En esta casa sólo hay ese patio oscuro por donde entró usted. Allí mi sobrina cultiva algunas plantas de sombra. Pero eso es todo.

—Está bien, señora.

—Deseo descansar todo el día. Pase a verme esta noche.

—Está bien, señora.

Revisas todo el día los papeles, pasando en limpio los párrafos que piensas retener, redactando de nuevo los que te parecen

"Yes. I read till quite late."

The old lady waves her hand as if in a gesture of dismissal. "No, no, no. Don't give me your opinion. Work on those pages and when you've finished I'll give you the others."

"Very well. Señora, would I be able to go into the garden?"

"What garden, Señor Montero?"

"The one that's outside my room."

"This house doesn't have any garden. We lost our garden when they built up all around us."

"I think I could work better outdoors."

"This house has only got that dark patio where you came in. My niece is growing some shade plants there. But that's all."

"It's all right, Señora."

"I'd like to rest during the day. But come to see me tonight."

"Very well, Señora."

You spend all morning working on the papers, copying out the passages you intend to keep, rewriting the ones you think are especially bad, smoking one cigarette

63

débiles, fumando cigarrillo tras cigarrillo
y reflexionando que debes espaciar tu trabajo para que la canonjía se prolongue lo
más posible. Si lograras ahorrar por lo
menos doce mil pesos, podrías pasar cerca
de un año dedicado a tu propia obra,
aplazada, casi olvidada. Tu gran obra de
conjunto sobre los descubrimientos y con-
quistas españolas en América. Una obra
que resuma todas las crónicas dispersas,
las haga inteligibles, encuentre las cor-
respondencias entre todas las empresas y
aventuras del siglo de oro, entre los proto-
tipos humanos y el hecho mayor del Rena-
cimiento. En realidad, terminas por abandonar los tediosos papeles del militar del
Imperio para empezar la redacción de
fichas y resúmenes de tu propia obra. El
tiempo corre y sólo al escuchar de nuevo
la campana consultas tu reloj, te pones el
saco y bajas al comedor.

Aura ya estará sentada; esta vez la cabecera la ocupará la señora Llorente, en-
vuelta en su chal y su camisón, tocada con
su cofia, agachada sobre el plato. Pero el

after another and reflecting that you ought to space your work so that the job lasts as long as possible. If you can manage to save at least twelve thousand pesos, you can spend a year on nothing but your own work, which you've postponed and almost forgotten. Your great, inclusive work on the Spanish discoveries and conquests in the New World. A work that sums up all the scattered chronicles, makes them intelligible, and discovers the resemblances among all the undertakings and adventures of Spain's Golden Age, and all the human prototypes and major accomplishments of the Renaissance. You end up by putting aside the General's tedious pages and starting to compile the dates and summaries of your own work. Time passes and you don't look at your watch until you hear the bell again. Then you put on your coat and go down to the dining room.

Aura is already seated. This time Señora Llorente is at the head of the table, wrapped in her shawl and nightgown and coif, hunching over her plate. But the

cuarto cubierto también está puesto. Lo notas de pasada; ya no te preocupa. Si el precio de tu futura libertad creadora es aceptar todas las manías de esta anciana, puedes pagarlo sin dificultad. Tratas, mientras la ves sorber la sopa, de calcular su edad. Hay un momento en el cual ya no es posible distinguir el paso de los años: la señora Consuelo, desde hace tiempo, pasó esa frontera. El general no la menciona en lo que llevas leído de las memorias. Pero si el general tenía cuarenta y dos años en el momento de la invasión francesa y murió en 1901, cuarenta años más tarde, habría muerto de ochenta y dos años. Se habría casado con la señora Consuelo después de la derrota de Querétaro y el exilio, pero ella habría sido una niña entonces . . .

Las fechas se te confundirán, porque ya la señora está hablando, con ese murmullo agudo, leve, ese chirreo de pájaro; le está hablando a Aura y tú escuchas, atento a la comida, esa enumeración plana de quejas, dolores, sospechas de enfermedades, más quejas sobre el precio de las medicinas, la

fourth place has also been set. You note it in passing. It doesn't bother you any more. If the price of your future creative liberty is to put up with all the manias of this old woman, you can pay it easily. As you watch her eating her soup you try to figure out her age. There's a time after which it's impossible to detect the passing of the years, and Señora Consuelo crossed that frontier a long time ago. The General hasn't mentioned her in what you've already read of the memoirs. But if the General was 42 at the time of the French invasion, and died in 1901, forty years later, he must have died at the age of 82. He must have married the Señora after the defeat at Querétaro and his exile. But she would only have been a girl at that time . . .

The dates escape you because now the Señora is talking in that thin, sharp voice of hers, that bird-like chirping. She's talking to Aura and you listen to her as you eat, hearing her long list of complaints, pains, suspected illnesses, more complaints about the cost of medicines, the dampness

67

humedad de la casa. Quisieras intervenir en la conversación doméstica preguntando por el criado que recogió ayer tus cosas pero al que nunca has visto, el que nunca sirve la mesa: lo preguntarías si, de repente, no te sorprendiera que Aura, hasta ese momento, no hubiese abierto la boca y comiese con esa fatalidad mecánica, como si esperara un impulso ajeno a ella para tomar la cuchara, el cuchillo, partir los riñones —sientes en la boca, otra vez, esa dieta de riñones, por lo visto la preferida de la casa— y llevárselos a la boca. Miras rápidamente de la tía a la sobrina y de la sobrina a la tía, pero la señora Consuelo, en ese instante, detiene todo movimiento y, al mismo tiempo, Aura deja el cuchillo sobre el plato y permanece inmóvil y tú recuerdas que, una fracción de segundo antes, la señora Consuelo hizo lo mismo.

Permanecen varios minutos en silencio: tú terminando de comer, ellas inmóviles como estatuas, mirándote comer. Al cabo la señora dice:

—Me he fatigado. No debería comer en

of the house and so forth. You'd like to break in on this domestic conversation to ask about the servant who went for your things yesterday, the servant you've never even glimpsed and who never waits on table. You're going to ask about him but you're suddenly surprised to realize that up to this moment Aura hasn't said a word and is eating with a sort of mechanical fatality, as if she were waiting for some outside impulse before picking up her knife and fork, cutting a piece of liver—yes, it's liver again, apparently the favorite dish in this house—and carrying it to her mouth. You glance quickly from the aunt to the niece, but at that moment the Señora becomes motionless, and at the same moment Aura puts her knife on her plate and also becomes motionless, and you remember that the Señora put down her knife only a fraction of a second earlier.

There are several minutes of silence: you finish eating while they sit there rigid as statues, watching you. At last the Señora says, "I'm very tired. I ought not to

la mesa. Ven, Aura, acompáñame a la recámara.

La señora tratará de retener tu atención: te mirará de frente para que tú la mires, aunque sus palabras vayan dirigidas a la sobrina. Tú debes hacer un esfuerzo para desprenderte de esa mirada —otra vez abierta, clara, amarilla, despojada de los velos y arrugas que normalmente la cubren— y fijar la tuya en Aura, que a su vez mira fijamente hacia un punto perdido y mueve en silencio los labios, se levanta con actitudes similares a las que tú asocias con el sueño, toma de los brazos a la anciana jorobada y la conduce lentamente fuera del comedor.

Solo, te sirves el café que también ha estado allí desde el principio del almuerzo, el café frío que bebes a sorbos mientras frunces el ceño y te preguntas si la señora no poseerá una fuerza secreta sobre la muchacha, si la muchacha, tu hermosa Aura vestida de verde, no estará encerrada contra su voluntad en esta casa vieja, sombría. Le sería, sin embargo, tan fácil esca-

eat at the table. Come, Aura, help me to my room."

The Señora tries to hold your attention: she looks directly at you so that you'll keep looking at her, although what she's saying is aimed at Aura. You have to make an effort in order to evade that look, which once again is wide, clear, and yellowish, free of the veils and wrinkles that usually obscure it. Then you look at Aura, who is staring fixedly at nothing and silently moving her lips. She gets up with a motion like those you associate with dreaming, takes the arm of the bent old lady, and slowly helps her from the dining room.

Alone now, you help yourself to the coffee that has been there since the beginning of the meal, the cold coffee you sip as you wrinkle your brow and ask yourself if the Señora doesn't have some secret power over her niece: if the girl, your beautiful Aura in her green dress, isn't kept in this dark old house against her will. But it would be so easy for her to escape while the Señora was asleep in her shadowy

71

par mientras la anciana dormita en su cuarto oscuro. Y no pasas por alto el camino que se abre en tu imaginación: quizás Aura espera que tú la salves de las cadenas que, por alguna razón oculta, le ha impuesto esta vieja caprichosa y desequilibrada. Recuerdas a Aura minutos antes, inanimada, embrutecida por el terror: incapaz de hablar enfrente de la tirana, moviendo los labios en silencio, como si en silencio te implorara su libertad, prisionera al grado de imitar todos los movimientos de la señora Consuelo, como si sólo lo que hiciera la vieja le fuese permitido a la joven.

La imagen de esta enajenación total te rebela: caminas, esta vez, hacia la otra puerta, la que da sobre el vestíbulo al pie de la escalera, la que está al lado de la recámara de la anciana: allí debe vivir Aura; no hay otra pieza en la casa. Empujas la puerta y entras a esa recámara, también oscura, de paredes enjalbegadas, donde el único adorno es un Cristo negro. A la izquierda, ves esa puerta que debe conducir a la recámara de la viuda. Caminando de

room. You tell yourself that her hold over
the girl must be terrible. And you consider
the way out that occurs to your imagination: perhaps Aura is waiting for you to
release her from the chains in which the
perverse, insane old lady, for some un-
known reason, has bound her. You remember Aura as she was a few moments ago,
spiritless, hypnotized by her terror, in-
capable of speaking in front of the tyrant,
moving her lips in silence as if she were
silently begging you to set her free; so en-
slaved that she imitated every gesture of
the Señora, as if she were permitted to do
only what the Señora did.

You rebel against this tyranny. You
walk toward the other door, the one at the
foot of the staircase, the one next to the old
lady's room: that's where Aura must live,
because there's no other room in the house.
You push the door open and go in. This
room is dark also, with whitewashed walls,
and the only decoration is an enormous
black Christ. At the left there's a door that
must lead into the widow's bedroom. You

puntas, te acercas a ella, colocas la mano sobre la madera, desistes de tu empeño: debes hablar con Aura a solas.

Y si Aura quiere que la ayudes, ella vendrá a tu cuarto. Permaneces allí, olvidado de los papeles amarillos, de tus propias cuartillas anotadas, pensando sólo en la belleza inasible de tu Aura —mientras más pienses en ella, más tuya la harás, no sólo porque piensas en su belleza y la deseas, sino porque ahora la deseas para liberarla: habrás encontrado una razón moral para tu deseo; te sentirás inocente y satisfecho— y cuando vuelves a escuchar la precaución de la campana, no bajas a cenar porque no soportarías otra escena como la del mediodía. Quizás Aura se dará cuenta y, después de la cena, subirá a buscarte.

Realizas un esfuerzo para seguir revisando los papeles. Cansado, te desvistes lentamente, caes en el lecho, te duermes pronto y por primera vez en muchos años sueñas, sueñas una sola cosa, sueñas esa mano descarnada que avanza hacia ti con la campana en la mano, gritando que te

go up to it on tiptoe, put your hands against it, then decide not to open it: you should talk with Aura alone.

And if Aura wants your help she'll come to your room. You go up there for a while, forgetting the yellowed manuscripts and your own notebooks, thinking only about the beauty of your Aura. And the more you think about her, the more you make her yours, not only because of her beauty and your desire, but also because you want to set her free: you've found a moral basis for your desire, and you feel innocent and self-satisfied. When you hear the bell again you don't go down to supper because you can't bear another scene like the one at the middle of the day. Perhaps Aura will realize it, and come up to look for you after supper.

You force yourself to go on working on the papers. When you're bored with them you undress slowly, get into bed, and fall asleep at once, and for the first time in years you dream, dream of only one thing, of a fleshless hand that comes toward you

alejes, que se alejen todos, y cuando el rostro de ojos vaciados se acerca al tuyo, despiertas con un grito mudo, sudando, y sientes esas manos que acarician tu rostro y tu pelo, esos labios que murmuran con la voz más baja, te consuelan, te piden calma y cariño. Alargas tus propias manos para encontrar el otro cuerpo, desnudo, que entonces agitará levemente el llavín que tú reconoces, y con él a la mujer que se recuesta encima de ti, te besa, te recorre el cuerpo entero con besos. No puedes verla en la oscuridad de la noche sin estrellas, pero hueles en su pelo el perfume de las plantas del patio, sientes en sus brazos la piel más suave y ansiosa, tocas en sus senos la flor entrelazada de las venas sensibles, vuelves a besarla y no le pides palabras.

Al separarte, agotado, de su abrazo, escuchas su primer murmullo: "Eres mi esposo". Tú asientes: ella te dirá que amanece; se despedirá diciendo que te espera esa noche en su recámara. Tú vuelves a asentir, antes de caer dormido, aliviado, ligero, vaciado de placer, reteniendo en las

with a bell, screaming that you should go away, everyone should go away; and when that face with its empty eye-sockets comes close to yours, you wake up with a muffled cry, sweating, and feel those gentle hands caressing your face, those lips murmuring in a low voice, consoling you and asking you for affection. You reach out your hands to find that other body, that naked body with a key dangling from its neck, and when you recognize the key you recognize the woman who is lying over you, kissing you, kissing your whole body. You can't see her in the black of the starless night, but you can smell the fragrance of the patio plants in her hair, can feel her smooth, eager body in your arms; you kiss her again and don't ask her to speak.

When you free yourself, exhausted, from her embrace, you hear her first whisper: "You're my husband." You agree. She tells you it's daybreak, then leaves you, saying that she'll wait for you that night in her room. You agree again, and then fall asleep, relieved, unburdened, emptied

yemas de los dedos el cuerpo de Aura, su temblor, su entrega: la niña Aura.

Te cuesta trabajo despertar. Los nudillos tocan varias veces y te levantas de la cama pesadamente, gruñendo: Aura, del otro lado de la puerta, te dirá que no abras: la señora Consuelo quiere hablar contigo; te espera en su recámara.

Entran diez minutos después al santuario de la viuda. Arropada, parapetada contra los almohadones de encaje: te acercas a la figura inmóvil, a sus ojos cerrados detrás de los párpados colgantes, arrugados, blanquecinos: ves esas arrugas abolsadas de los pómulos, ese cansancio total de la piel.

Sin abrir los ojos, te dirá:

—¿Trae usted la llave?

—Sí... Creo que sí. Sí, aquí está.

—Puede leer el segundo folio. En el mismo lugar, con la cinta azul.

Caminas, esta vez con asco, hacia ese arcón alrededor del cual pululan las ratas, asoman sus ojillos brillantes entre las tablas podridas del piso, corretean hacia los hoyos abiertos en el muro escarapelado. Abres el

of desire, still feeling the touch of Aura's body, her trembling, her surrender.

It's hard for you to wake up. There are several knocks on the door, and at last you get out of bed, groaning and still half-asleep. Aura, on the other side of the door, tells you not to open it: she says that Señora Consuelo wants to talk with you, is waiting for you in her room.

Ten minutes later you enter the widow's sanctuary. She's propped up against the pillows, motionless, her eyes hidden by those drooping, wrinkled, dead-white lids; you notice the puffy wrinkles under her eyes, the utter weariness of her skin.

Without opening her eyes she asks you, "Did you bring the key to the trunk?"

"Yes, I think so . . . Yes, here it is."

"You can read the second part. It's in the same place. It's tied with a blue ribbon."

You go over to the trunk, this time with a certain disgust: the rats are swarming around it, peering at you with their glittering eyes from the cracks in the rotted floor-

79

arcón y retiras la segunda colección de papeles. Regresas al pie de la cama; la señora Consuelo acaricia a su conejo blanco.

De la garganta abotonada de la anciana surgirá ese cacareo sordo:

—¿No le gustan los animales?

—No. No particularmente. Quizás porque nunca he tenido uno.

—Son buenos amigos, buenos compañeros. Sobre todo cuando llegan la vejez y la soledad.

—Sí. Así debe ser.

—Son seres naturales, señor Montero. Seres sin tentaciones.

—¿Cómo dijo que se llamaba?

—¿La coneja? Saga. Sabia. Sigue sus instintos. Es natural y libre.

—Creí que era conejo.

—Ah, usted no sabe distinguir todavía.

—Bueno, lo importante es que no se sienta usted sola.

—Quieren que estemos solas, señor Montero, porque dicen que la soledad es necesaria para alcanzar la santidad. Se

boards, galloping toward the holes in the rotted walls. You open the trunk and take out the second batch of papers, then return to the foot of the bed. Señora Consuelo is petting her white rabbit. A sort of croaking laugh emerges from her buttoned-up throat, and she asks you, "Do you like animals?"

"No, not especially. Perhaps because I've never had any."

"They're good friends. Good companions. Above all when you're old and lonely."

"Yes, they must be."

"They're always themselves, Señor Montero. They don't have any pretensions."

"What did you say his name is?"

"The rabbit? She's Saga. She's very intelligent. She follows her instincts. She's natural and free."

"I thought it was a male rabbit."

"Oh? Then you still can't tell the difference."

81

han olvidado de que en la soledad la tentación es más grande.

—No la entiendo, señora.

—Ah, mejor, mejor. Puede usted seguir trabajando.

Le das la espalda. Caminas hacia la puerta. Sales de la recámara. En el vestíbulo, aprietas los dientes. ¿Por qué no tienes el valor de decirle que amas a la joven? ¿Por qué no entras y le dices, de una vez, que piensas llevarte a Aura contigo cuando termines el trabajo? Avanzas de nuevo hacia la puerta; la empujas, dudando aún, y por el resquicio ves a la señora Consuelo de pie, erguida, transformada, con esa túnica entre los brazos: esa túnica azul con botones de oro, charreteras rojas, brillantes insignias de águila coronada, esa túnica que la anciana mordisquea ferozmente, besa con ternura, se coloca sobre los hombros para girar en un paso de danza tambaleante. Cierras la puerta.

Sí: tenía quince años cuando la conocí —lees en el segundo folio de las memorias—: *elle avait quinze ans lorsque je l'ai*

"Well, the important thing is that you don't feel all alone."

"They want us to be alone, Señor Montero, because they tell us that solitude is the only way to achieve saintliness. They forget that in solitude the temptation is even greater."

"I don't understand, Señora."

"Ah, it's better that you don't. Get back to work now, please."

You turn your back on her, walk to the door, leave her room. In the hallway you clench your teeth. Why don't you have courage enough to tell her that you love the girl? Why don't you go back and tell her, once and for all, that you're planning to take Aura away with you when you finish the job? You approach the door again and start pushing it open, still uncertain, and through the crack you see Señora Consuelo standing up, erect, transformed, with a military tunic in her arms: a blue tunic with gold buttons, red epaulettes, bright medals with crowned eagles—a tunic the old lady bites ferociously, kisses tenderly,

connue et, si j'ose le dire, ce sont ses yeux verts qui ont fait ma perdition: los ojos verdes de Consuelo, que tenía quince años en 1867, cuando el general Llorente casó con ella y la llevó a vivir a París, al exilio. *Ma jeune poupée*, escribió el general en sus momentos de inspiración, *ma jeune poupée aux yeux verts; je t'ai comblée d'amour*: describió la casa en la que vivieron, los paseos, los bailes, los carruajes, el mundo del Segundo Imperio; sin gran relieve, ciertamente. *J'ai même supporté ta haine des chats, moi qu'aimais tellement les jolies bêtes*... Un día la encontró, abierta de piernas, con la crinolina levantada por delante, martirizando a un gato y no supo llamarle la atención porque le pareció que *tu faisais ça d'une façon si innocent, par pur enfantillage* e incluso lo excitó el hecho, de manera que esa noche la amó, si le das crédito a tu lectura, con una pasión hiperbólica, *parce que tu m'avais dit que torturer les chats était ta manière a toi de rendre notre amour favorable, par un sacrifice symbolique*... Habrás calculado: la

drapes over her shoulders as she performs a few teetering dance steps. You close the door.

"She was fifteen years old when I met her," you read in the second part of the memoirs. *"Elle avait quinze ans lorsque je l'ai connue et, si j'ose le dire, ce sont ses yeux verts qui ont fait ma perdition."* Consuelo's green eyes, Consuelo who was only fifteen in 1867, when General Llorente married her and took her with him into exile in Paris. *"Ma jeune poupée,"* he wrote in a moment of inspiration, *"ma jeune poupée aux yeux verts; je t'ai comblée d'amour."* He described the house they lived in, the outings, the dances, the carriages, the world of the Second Empire, but all in a dull enough way. *"J'ai même supporté ta haine des chats, moi qu'aimais tellement les jolies bêtes . . ."* One day he found her torturing a cat: she had it clasped between her legs, with her crinoline skirt pulled up, and he didn't know how to attract her attention because it seemed to him that *"tu faisais ça d'une*

85

señora Consuelo tendrá hoy ciento nueve años . . . cierras el folio. Cuarenta y nueve al morir su esposo. *Tu sais si bien t'habiller, ma douce Consuelo, toujours drappé dans des velours verts, verts comme tes yeux. Je pense que tu seras toujours belle, même dans cent ans* . . . Siempre vestida de verde. Siempre hermosa, incluso dentro de cien años. *Tu es si fière de ta beauté; que ne ferais-tu pas pour rester toujours jeune?*

façon si innocent, par pur enfantillage," and in fact it excited him so much that if you can believe what he wrote, he made love to her that night with extraordinary passion, *"parce que tu m'avais dit que torturer les chats était ta manière a toi de rendre notre amour favorable, par un sacrifice symbolique . . ."* You've figured it up: Señora Consuelo must be 109. Her husband died fifty-nine years ago. *"Tu sais si bien t'habiller, ma douce Consuelo, toujours drappé dans de velours verts, verts comme tes yeux. Je pense que tu seras toujours belle, même dans cent ans . . ."* Always dressed in green. Always beautiful, even after a hundred years. *"Tu es si fière de ta beauté; que ne ferais-tu pas pour rester toujours jeune?"*

Sabes, al cerrar de nuevo el folio, que por
eso vive Aura en esta casa: para perpetuar
la ilusión de juventud y belleza de la pobre
anciana enloquecida. Aura, encerrada
como un espejo, como un ícono más de ese
muro religioso, cuajado de milagros,
corazones preservados, demonios y santos
imaginados.

Now you know why Aura is living in this house: to perpetuate the illusion of youth and beauty in that poor, crazed old lady. Aura, kept here like a mirror, like one more icon on that votive wall with its clustered offerings, preserved hearts, imagined saints and demons.

You put the manuscript aside and go

Arrojas los papeles a un lado y desciendes, sospechando el único lugar donde Aura podrá estar en las mañanas: el lugar que le habrá asignado esta vieja avara.

La encuentras en la cocina, sí, en el momento en que degüella un macho cabrío: el vapor que surge del cuello abierto, el olor de sangre derramada, los ojos duros y abiertos del animal te dan náuseas: detrás de esa imagen, se pierde la de una Aura mal vestida, con el pelo revuelto, manchada de sangre, que te mira sin reconocerte, que continúa su labor de carnicero.

Le das la espalda: esta vez, hablarás con la anciana, le echarás en cara su codicia, su tiranía abominable. Abres de un empujón la puerta y la ves, detrás del velo de luces, de pie, cumpliendo su oficio de aire: la ves con las manos en movimiento, extendidas en el aire: una mano extendida y apretada, como si realizara un esfuerzo para detener algo, la otra apretada en torno a un objeto de aire, clavada una y otra vez en el mismo lugar. En seguida, la vieja se restregará las

downstairs, suspecting there's only one place Aura could be in the morning—the place that greedy old woman has assigned to her.

Yes, you find her in the kitchen, at the moment she's beheading a kid: the vapor that rises from the open throat, the smell of spilt blood, the animal's glazed eyes, all give you nausea. Aura is wearing a ragged, blood-stained dress and her hair is disheveled; she looks at you without recognition and goes on with her butchering.

You leave the kitchen: this time you'll really speak to the old lady, really throw her greed and tyranny in her face. When you push open the door she's standing behind the veil of lights, performing a ritual with the empty air, one hand stretched out and clenched, as if holding something up, and the other clasped around an invisible object, striking again and again at the same place. Then she wipes her hands against her breast, sighs, and starts cutting the air again, as if—yes, you can see it clearly— as if she were skinning an animal . . .

manos contra el pecho, suspirará, volverá a cortar en el aire, como si —sí, lo verás claramente: como si despellejara una bestia . . .—

Corres al vestíbulo, la sala, el comedor, la cocina donde Aura despelleja al chivo lentamente, absorta en su trabajo, sin escuchar tu entrada ni tus palabras, mirándote como si fueras de aire.

Subes lentamente a tu recámara, entras, te arrojas contra la puerta como si temieras que alguien te siguiera: jadeante, sudoroso, presa de la impotencia de tu espina helada, de tu certeza: si algo o alguien entrara, no podrías resistir, te alejarías de la puerta, lo dejarías hacer. Tomas febrilmente la butaca, la colocas contra esa puerta sin cerradura, empujas la cama hacia la puerta, hasta atrancarla, y te arrojas exhausto sobre ella, exhausto y abúlico, con los ojos cerrados y los brazos apretados alrededor de tu almohada: tu almohada que no es tuya; nada es tuyo . . .

Caes en ese sopor, caes hasta el fondo de ese sueño que es tu única salida, tu única

You run through the hallway, the parlor, the dining room, to where Aura is slowly skinning the kid, absorbed in her work, heedless of your entrance or your words, looking at you as if you were made of air.

You climb up to your room, go in, and brace yourself against the door as if you were afraid someone would follow you: panting, sweating, victim of your horror, of your certainty. If something or someone should try to enter, you wouldn't be able to resist, you'd move away from the door, you'd let it happen. Frantically you drag the armchair over to that latchless door, push the bed up against it, then fall onto the bed, exhausted, drained of your will-power, with your eyes closed and your arms wrapped around your pillow—the pillow that isn't yours. Nothing is yours.

You fall into a stupor, into the depths of a dream that's your only escape, your only means of saying No to insanity. "She's crazy, she's crazy," you repeat again and again to make yourself sleepy, and you can

93

negativa a la locura. "Está loca, está loca",
te repites para adormecerte, repitiendo con
las palabras la imagen de la anciana que
en el aire despellejaba al cabrío de aire con
su cuchillo de aire: "... está loca ...",

*en el fondo del abismo oscuro, en tu
sueño silencioso, de bocas abiertas, en silencio, la verás avanzar hacia ti, desde el fondo
negro del abismo, la verás avanzar a gatas.*

En silencio,

*moviendo su mano descarnada, avan-
zando hacia ti hasta que su rostro se pegue
al tuyo y veas esas encías sangrantes de la
vieja, esas encías sin dientes y grites y ella
vuelva a alejarse, moviendo su mano, sem-
brando a lo largo del abismo los dientes
amarillos que va sacando del delantal man-
chado de sangre:*

*tu grito es el eco del grito de Aura, de-
lante de ti en el sueño, Aura que grita porque unas manos han rasgado por la mitad
su falda de tafeta verde, y*

esa cabeza tonsurada,

*con los pliegues rotos de la falda entre las
manos, se voltea hacia ti y ríe en silencio,*

94

see her again as she skins the imaginary kid with an imaginary knife. "She's crazy, she's crazy . . ."

in the depths of the dark abyss, in your silent dream with its mouths opening in silence, you see her coming toward you from the blackness of the abyss, you see her crawling toward you.

in silence,

moving her fleshless hand, coming toward you until her face touches yours and you see the old lady's bloody gums, her toothless gums, and you scream and she goes away again, moving her hand, sowing the abyss with the yellow teeth she carries in her blood-stained apron:

your scream is an echo of Aura's, she's standing in front of you in your dream, and she's screaming because someone's hands have ripped her green taffeta skirt in two, and then

she turns her head toward you

with the torn folds of the skirt in her hands, turns toward you and laughs silently, with the old lady's teeth superim-

con los dientes de la vieja superpuestos a
los suyos, mientras las piernas de Aura, sus
piernas desnudas, caen rotas y vuelan hacia
el abismo . . .

Escuchas el golpe sobre la puerta, la campana detrás del golpe, la campana de la cena. El dolor de cabeza te impide leer los números, la posición de las manecillas del reloj; sabes que es tarde: frente a tu cabeza recostada, pasan las nubes de la noche detrás del tragaluz. Te incorporas penosamente, aturdido, hambriento. Colocas el garrafón de vidrio bajo el grifo de la tina, esperas a que el agua corra, llene el garrafón que tú retiras y vacías en el aguamanil donde te lavas la cara, los dientes con tu brocha vieja embarrada de pasta verdosa, te rocías el pelo —sin advertir que debías haber hecho todo esto a la inversa—, te peinas cuidadosamente frente al espejo ovalado del armario de nogal, anudas la corbata, te pones el saco y desciendes a un comedor vacío, donde sólo ha sido colocado un cubierto: el tuyo.

Y al lado de tu plato, debajo de la ser-

posed on her own, while her legs, her
naked legs, shatter into bits and fly toward
the abyss . . .

There's a knock at the door, then the
sound of the bell, the supper bell. Your
head aches so much that you can't make
out the hands on the clock, but you know it
must be late: above your head you can see
the night clouds beyond the skylight. You
get up painfully, dazed and hungry. You
hold the glass pitcher under the faucet,
wait for the water to run, fill the pitcher,
then pour it into the basin. You wash your
face, brush your teeth with your worn
toothbrush that's clogged with greenish
paste, dampen your hair—you don't notice
you're doing all this in the wrong órder—
and comb it meticulously in front of the
oval mirror on the walnut wardrobe. Then
you tie your tie, put on your jacket and go
down to the empty dining room, where
only one place has been set—yours.

Beside your plate, under your napkin,
there's an object you start caressing with
your fingers: a clumsy little rag doll, filled

97

villeta, ese objeto que rozas con los dedos, esa muñequita endeble, de trapo, rellena de una harina que se escapa por el hombro mal cosido: el rostro pintado con tinta china, el cuerpo desnudo, detallado con escasos pincelazos. Comes tu cena fría —riñones, tomates, vino— con la mano derecha: detienes la muñeca entre los dedos de la izquierda.

Comes mecánicamente, con la muñeca en la mano izquierda y el tenedor en la otra, sin darte cuenta, al principio, de tu propia actitud hipnótica, entreviendo, después, una razón en tu siesta opresiva, en tu pesadilla, identificando, al fin, tus movimientos de sonámbulo con los de Aura, con los de la anciana: mirando con asco esa muñequita horrorosa que tus dedos acarician, en la que empiezas a sospechar una enfermedad secreta, un contagio. La dejas caer al suelo. Te limpias los labios con la servilleta. Consultas tu reloj y recuerdas que Aura te ha citado en su recámara.

Te acercas cautelosamente a la puerta de doña Consuelo y no escuchas un solo

with a powder that trickles from its badly-sewn shoulder; its face is drawn with India ink, and its body is naked, sketched with a few brush strokes. You eat the cold supper —liver, tomatoes, wine—with your right hand while holding the doll in your left.

You eat mechanically, without noticing at first your own hypnotized attitude, but later you glimpse a reason for your oppressive sleep, your nightmare, and finally identify your sleep-walking movements with those of Aura and the old lady. You're suddenly disgusted by that horrible little doll, in which you begin to suspect a secret illness, a contagion. You let it fall to the floor. You wipe your lips with the napkin, look at your watch, and remember that Aura is waiting for you in her room.

You go cautiously up to Señora Consuelo's door, but there isn't a sound from within. You look at your watch again: it's barely nine o'clock. You decide to feel your way down to that dark, roofed patio you haven't been in since you came

ruido. Consultas de nuevo tu reloj: apenas son las nueve. Decides bajar, a tientas, a ese patio techado, sin luz, que no has vuelto a visitar desde que lo cruzaste, sin verlo, el día de tu llegada a esta casa.

Tocas las paredes húmedas, lamosas; aspiras el aire perfumado y quieres descomponer los elementos de tu olfato, reconocer los aromas pesados, suntuosos, que te rodean. El fósforo encendido ilumina, parpadeando, ese patio estrecho y húmedo, embaldosado, en el cual crecen, de cada lado, las plantas sembradas sobre los márgenes de tierra rojiza y suelta. Distingues las formas altas, ramosas, que proyectan sus sombras a la luz del cerillo que se consume, te quema los dedos, te obliga a encender uno nuevo para terminar de reconocer las flores, los frutos, los tallos que recuerdas mencionados en crónicas viejas: las hierbas olvidadas que crecen olorosas, adormiladas: las hojas anchas, largas, hendidas, vellosas del beleño: el tallo sarmentado de flores amarillas por fuera, rojas por dentro; las hojas acorazonadas y agudas

through it, without seeing anything, on the day you arrived here.

You touch the damp, mossy walls, breathe the perfumed air, and try to isolate the different elements you're breathing, to recognize the heavy, sumptuous aromas that surround you. The flicker of your match lights up the narrow, empty patio, where various plants are growing on each side in the loose, reddish earth. You can make out the tall, leafy forms that cast their shadows on the walls in the light of the match. But it burns down, singeing your fingers, and you have to light another one to finish seeing the flowers, fruits and plants you remember reading about in old chronicles, the forgotten herbs that are growing here so fragrantly and drowsily: the long, broad, downy leaves of the henbane; the twining stems with flowers that are yellow outside, red inside; the pointed, heart-shaped leaves of the nightshade; the ash-colored down of the grape-mullein with its clustered flowers; the bushy gatheridge with its white blossoms; the bella-

de la dulcamara; la pelusa cenicienta del gordolobo, sus flores espigadas; el arbusto ramoso del evónimo y las flores blanquecinas; la belladona. Cobran vida a la luz de tu fósforo, se mecen con sus sombras mientras tú recreas los usos de este herbario que dilata las pupilas, adormece el dolor, alivia los partos, consuela, fatiga la voluntad, consuela con una calma voluptuosa.

Te quedas solo con los perfumes cuando el tercer fósforo se apaga. Subes con pasos lentos al vestíbulo, vuelves a pegar el oído a la puerta de la señora Consuelo, sigues, sobre las puntas de los pies, a la de Aura: la empujas, sin dar aviso, y entras a esa recámara desnuda, donde un círculo de luz ilumina la cama, el gran crucifijo mexicano, la mujer que avanzará hacia ti cuando la puerta se cierre.

Aura vestida de verde, con esa bata de tafeta por donde asoman, al avanzar hacia ti la mujer, los muslos color de luna: la mujer, repetirás al tenerla cerca, la mujer, no la muchacha de ayer: la muchacha de ayer —cuando toques sus dedos, su talle—

donna. They come to life in the flare of your match, swaying gently with their shadows, while you recall the uses of these herbs that dilate the pupils, alleviate pain, reduce the pangs of childbirth, bring consolation, weaken the will, induce a voluptuous calm.

You're all alone with the perfumes when the third match burns out. You go up to the hallway slowly, listen again at Señora Consuelo's door, then tiptoe on to Aura's. You push it open without knocking and go into that bare room, where a circle of light reveals the bed, the huge Mexican crucifix, and the woman who comes toward you when the door is closed. Aura is dressed in green, in a green taffeta robe from which, as she approaches, her moon-pale thighs reveal themselves. The woman, you repeat as she comes close, the woman, not the girl of yesterday: the girl of yesterday—you touch Aura's fingers, her waist—couldn't have been more than twenty; the woman of today—you caress her loose black hair, her pallid cheeks—seems to be

103

no podía tener más de veinte años; la mujer de hoy —y acaricies su pelo negro, suelto, su mejilla pálida— parece de cuarenta: algo se ha endurecido, entre ayer y hoy, alrededor de los ojos verdes; el rojo de los labios se ha oscurecido fuera de su forma antigua, como si quisiera fijarse en una mueca alegre, en una sonrisa turbia: como si alternara, a semejanza de esa planta del patio, el sabor de la miel y el de la amargura. No tienes tiempo de pensar más:

—Siéntate en la cama, Felipe.

—Sí.

—Vamos a jugar. Tú no hagas nada. Déjame hacerlo todo a mí.

Sentado en la cama, tratas de distinguir el origen de esa luz difusa, opalina, que apenas te permite separar los objetos, la presencia de Aura, de la atmósfera dorada que los envuelve. Ella te habrá visto mirando hacia arriba, buscando ese origen. Por la voz, sabes que está arrodillada frente a ti:

—El cielo no es alto ni bajo. Está encima y debajo de nosotros al mismo tiempo.

forty. Between yesterday and today, something about her green eyes has turned hard; the red of her lips has strayed beyond their former outlines, as if she wanted to fix them in a happy grimace, a troubled smile; as if, like that plant in the patio, her smile combined the taste of honey and the taste of gall. You don't have time to think of anything more.

"Sit down on the bed, Felipe."

"Yes."

"We're going to play. You don't have to do anything. Let me do everything myself."

Sitting on the bed, you try to make out the source of that diffuse, opaline light that hardly lets you distinguish the objects in the room, and the presence of Aura, from the golden atmosphere that surrounds them. She sees you looking up, trying to find where it comes from. You can tell from her voice that she's kneeling down in front of you.

"The sky is neither high nor low. It's over us and under us at the same time."

Te quitarás los zapatos, los calcetines, y acariciará tus pies desnudos.

Tú sientes el agua tibia que baña tus plantas, las alivia, mientras ella te lava con una tela gruesa, dirige miradas furtivas al Cristo de madera negra, se aparta por fin de tus pies, te toma de la mano, se prende unos capullos de violeta al pelo suelto, te toma entre los brazos y canturrea esa melodía, ese vals que tú bailas con ella, prendido al susurro de su voz, girando al ritmo lentísimo, solemne, que ella te impone, ajeno a los movimientos ligeros de sus manos, que te desabotonan la camisa, te acarician el pecho, buscan tu espalda, se clavan en ella. También tú murmuras esa canción sin letra, esa melodía que surge naturalmente de tu garganta: giran los dos, cada vez más cerca del lecho; tú sofocas la canción murmurada con tus besos hambrientos sobre la boca de Aura, arrestas la danza con tus besos apresurados sobre los hombros, los pechos de Aura.

Tienes la bata vacía entre las manos. Aura, de cuclillas sobre la cama, coloca ese

106

She takes off your shoes and socks and caresses your bare feet.

You feel the warm water that bathes the soles of your feet, while she washes them with a heavy cloth, now and then casting furtive glances at that Christ carved from black wood. Then she dries your feet, takes you by the hand, fastens a few violets in her loose hair, and begins to hum a melody, a waltz, to which you dance with her, held by the murmur of her voice, gliding around to the slow, solemn rhythm she's setting, very different from the light movements of her hands, which unbutton your shirt, caress your chest, reach around to your back and grasp it. You also murmur that wordless song, that melody rising naturally from your throat: you glide around together, each time closer to the bed, until you muffle the song with your hungry kisses on Aura's mouth, until you stop the dance with your crushing kisses on her shoulders and breasts.

You're holding the empty robe in your hands. Aura, squatting on the bed, places

objeto contra los muslos cerrados, lo acaricia, te llama con la mano. Acaricia ese trozo de harina delgada, lo quiebra sobre sus muslos, indiferentes a las migajas que ruedan por sus caderas: te ofrece la mitad de la oblea que tú tomas, llevas a la boca al mismo tiempo que ella, deglutes con dificultad: caes sobre el cuerpo desnudo de Aura, sobre sus brazos abiertos, extendidos de un extremo al otro de la cama, igual que el Cristo negro que cuelga del muro con su faldón de seda escarlata, sus rodillas abiertas, su costado herido, su corona de brezos montada sobre la peluca negra, enmarañada, entreverada con lentejuela de plata. Aura se abrirá como un altar.

Murmuras el nombre de Aura al oído de Aura. Sientes los brazos llenos de la mujer contra tu espalda. Escuchas su voz tibia en tu oreja:

—¿Me querrás siempre?

—Siempre, Aura, te amaré para siempre.

—¿Siempre? ¿Me lo juras?

—Te lo juro.

—¿Aunque envejezca? ¿Aunque pierda

an object against her closed thighs, caressing it, summoning you with her hand. She caresses that thin wafer, breaks it against her thighs, oblivious of the crumbs that roll down her hips: she offers you half of the wafer and you take it, place it in your mouth at the same time she does, and swallow it with difficulty. Then you fall on Aura's naked body, you fall on her naked arms, which are stretched out from one side of the bed to the other like the arms of the crucifix hanging on the wall, the black Christ with that scarlet silk wrapped around his thighs, his spread knees, his wounded side, his crown of thorns set on a tangled black wig with silver spangles. Aura opens up like an altar.

You murmur her name in her ear. You feel the woman's full arms against your back. You hear her warm voice in your ear: "Will you love me forever?"

"Forever, Aura. I'll love you forever."

"Forever? Do you swear it?"

"I swear it."

"Even though I grow old? Even though

mi belleza? ¿Aunque tenga el pelo blanco?

—Siempre, mi amor, siempre.

—¿Aunque muera, Felipe? ¿Me amarás siempre, aunque muera?

—Siempre, siempre. Te lo juro. Nada puede separarme de ti.

—Ven, Felipe, ven . . .

Buscas, al despertar, la espalda de Aura y sólo tocas esa almohada, caliente aún, y las sábanas blancas que te envuelven.

Murmuras de nuevo su nombre.

Abres los ojos: la ves sonriendo, de pie, al pie de la cama, pero sin mirarte a ti. La ves caminar lentamente hacia ese rincón de la recámara, sentarse en el suelo, colocar los brazos sobre las rodillas negras que emergen de la oscuridad que tú tratas de penetrar, acariciar la mano arrugada que se adelanta del fondo de la oscuridad cada vez más clara: a los pies de la anciana señora Consuelo, que está sentada en ese sillón que tú notas por primera vez: la señora Consuelo que te sonríe, cabeceando, que te sonríe junto con Aura que mueve la cabeza al mismo tiempo que la vieja: las dos te

I lose my beauty? Even though my hair turns white?"

"Forever, my love, forever."

"Even if I die, Felipe? Will you love me forever, even if I die?"

"Forever, forever. I swear it. Nothing can separate us."

"Come, Felipe, come . . ."

When you wake up, you reach out to touch Aura's shoulder, but you only touch the still-warm pillow and the white sheet that covers you.

You murmur her name.

You open your eyes and see her standing at the foot of the bed, smiling but not looking at you. She walks slowly toward the corner of the room, sits down on the floor, places her arms on the knees that emerge from the darkness you can't peer into, and strokes the wrinkled hand that comes forward from the lessening darkness: she's sitting at the feet of the old lady, of Señora Consuelo, who is seated in an armchair you hadn't noticed earlier: Señora Consuelo smiles at you, nodding her head,

111

sonríen, te agradecen. Recostado, sin voluntad, piensas que la vieja ha estado todo el tiempo en la recámara;

recuerdas sus movimientos, su voz, su danza,

por más que te digas que no ha estado allí.

Las dos se levantarán a un tiempo, Consuelo de la silla, Aura del piso. Las dos te darán la espalda, caminarán pausadamente hacia la puerta que communica con la recámara de la anciana, pasarán juntas al cuarto donde tiemblan las luces colocadas frente a las imágenes, cerrarán la puerta detrás de ellas, te dejarán dormir en la cama de Aura.

smiling at you along with Aura, who moves her head in rhythm with the old lady's: they both smile at you, thanking you. You lie back, without any will, thinking that the old lady has been in the room all the time;

you remember her movements, her voice, her dance,

though you keep telling yourself she wasn't there.

The two of them get up at the same moment, Consuelo from the chair, Aura from the floor. Turning their backs on you, they walk slowly toward the door that leads to the widow's bedroom, enter that room where the lights are forever trembling in front of the images, close the door behind them, and leave you to sleep in Aura's bed.

5

Duermes cansado, insatisfecho. Ya en el sueño sentiste esa vaga melancolía, esa opresión en el diafragma, esa tristeza que no se deja apresar por tu imaginación. Dueño de la recámara de Aura, duermes en la soledad, lejos del cuerpo que creerás haber poseído.

Al despertar, buscas otra presencia en el

Your sleep is heavy and unsatisfying. In your dreams you had already felt the same vague melancholy, the weight on your diaphragm, the sadness that won't stop oppressing your imagination. Although you're sleeping in Aura's room, you're sleeping all alone, far from the body you believe you've possessed.

cuarto y sabes que no es la de Aura la que
te inquieta, sino la doble presencia de algo
que fue engendrado la noche pasada. Te
llevas las manos a las sienes, tratando de
calmar tus sentidos en desarreglo: esa tristeza vencida te insinúa, en voz baja, en el
recuerdo inasible de la premonición, que
buscas tu otra mitad, que la concepción
estéril de la noche pasada engendró tu
propio doble.

Y ya no piensas, porque existen cosas
más fuertes que la imaginación: la costumbre que te obliga a levantarte, buscar un
baño anexo a esa recámara, no encontrarlo,
salir restregándote los párpados, subir al
segundo piso saboreando la acidez pastosa
de la lengua, entrar a tu recámara aca-
riciándote las mejillas de cerdas revueltas,
dejar correr las llaves de la tina e intro-
ducirte en el agua tibia, dejarte ir, no
pensar más.

Y cuando te estés secando, recordarás a
la vieja y a la joven que te sonrieron, abrazadas, antes de salir juntas, abrazadas: te
repites que simpre, cuando están juntas,

When you wake up, you look for another presence in the room, and realize it's not Aura who disturbs you but rather the double presence of something that was engendered during the night. You put your hands on your forehead, trying to calm your disordered senses: that dull melancholy is hinting to you in a low voice, the voice of memory and premonition, that you're seeking your other half, that the sterile conception last night engendered your own double.

And you stop thinking, because there are things even stronger than the imagination: the habits that force you to get up, look for a bathroom off this room without finding one, go out into the hallway rubbing your eyelids, climb the stairs tasting the thick bitterness of your tongue, enter your own room feeling the rough bristles on your chin, turn on the bath faucets and then slide into the warm water, letting yourself relax into forgetfulness.

But while you're drying yourself, you remember the old lady and the girl as they

hacen exactamente lo mismo: se abrazan, sonríen, comen, hablan, entran, salen, al mismo tiempo, como si una imitara a la otra, como si de la voluntad de una dependiese la existencia de la otra. Te cortas ligeramente la mejilla, pensando estas cosas mientras te afeitas; haces un esfuerzo para dominarte. Terminas tu aseo contando los objetos del botiquín, los frascos y tubos que trajo de la casa de huéspedes el criado al que nunca has visto: murmuras los nombres de esos objetos, los tocas, lees las indicaciones de uso y contenido, pronuncias la marca de fábrica, prendido a esos objetos para olvidar lo otro, lo otro sin nombre, sin marca, sin consistencia racional. ¿Qué espera de ti Aura? acabas por preguntarte, cerrando de un golpe el botiquín. ¿Qué quiere?

Te contesta el ritmo sordo de esa campana que se pasea a lo largo del corredor, advirtiéndote que el desayuno está listo. Caminas, con el pecho desnudo, a la puerta: al abrirla, encuentras a Aura: será Aura, porque viste la tafeta verde de siempre,

smiled at you before leaving the room arm in arm; you recall that whenever they're together they always do the same things: they embrace, smile, eat, speak, enter, leave, at the same time, as if one were imitating the other, as if the will of one depended on the existence of the other . . . You cut yourself lightly on one cheek as you think of these things while you shave; you make an effort to get control of yourself. When you finish shaving you count the objects in your traveling case, the bottles and tubes which the servant you've never seen brought over from your boarding house: you murmur the names of these objects, touch them, read the contents and instructions, pronounce the names of the manufacturers, keeping to these objects in order to forget that other one, the one without a name, without a label, without any rational consistency. What is Aura expecting of you? you ask yourself, closing the traveling case. What does she want, what does she want?

In answer you hear the dull rhythm of

119

aunque un velo verdoso oculte sus facciones. Tomas con la mano la muñeca de la mujer, esa muñeca delgada, que tiembla...

—El desayuno está listo... —te dirá con la voz más baja que has escuchado... —

—Aura. Basta ya de engaños.

—¿Engaños?

—Dime si la señora Consuelo te impide salir, hacer tu vida; ¿por qué ha de estar presente cuando tú y yo...?; dime que te irás conmigo en cuanto...

—¿Irnos? ¿A dónde?

—Afuera, al mundo. A vivir juntos. No puedes sentirte encadenada para siempre a tu tía... ¿Por qué esa devoción? ¿Tanto la quieres?

—Quererla...

—Sí; ¿por qué te has de sacrificar así?

—¿Quererla? Ella me quiere a mí. Ella se sacrifica por mí.

—Pero es una mujer vieja, casi un cadáver; tú no puedes...

—Ella tiene más vida que yo. Sí, es vieja,

her bell in the corridor telling you breakfast is ready. You walk to the door without
your shirt on. When you open it you find
Aura there: it must be Aura because you
see the green taffeta she always wears,
though her face is covered with a green
veil. You take her by the wrist, that slender
wrist which trembles at your touch . . .

"Breakfast is ready," she says, in the
faintest voice you've ever heard.

"Aura, let's stop pretending."

"Pretending?"

"Tell me if Señora Consuelo keeps you
from leaving, from living your own life.
Why did she have to be there when you
and I . . . Please tell me you'll go with
me when . . ."

"Go away? Where?"

"Out of this house. Out into the world,
to live together. You shouldn't feel bound
to your aunt forever . . . Why all this
devotion? Do you love her that much?"

"Love her?"

"Yes. Why do you have to sacrifice yourself this way?"

es repulsiva . . . Felipe, no quiero volver . . . no quiero ser como ella . . . otra . . .

—Trata de enterrarte en vida. Tienes
que renacer, Aura . . .

—Hay que morir antes de renacer . . .
No. No entiendes. Olvida, Felipe; ténme
confianza.

—Si me explicaras . '. .

—Ténme confianza. Ella va a salir hoy
todo el día . . .

—¿Ella?

—Sí, la otra.

—¿Va a salir? Pero si nunca . . .

—Sí, a veces sale. Hace un gran esfuerzo
y sale. Hoy va a salir. Todo el día . . . Tú y
yo podemos . . .

—¿Irnos?

—Si quieres . . .

—No, quizás todavía no. Estoy contra-
tado para un trabajo . . . Cuando termine
el trabajo, entonces sí . . .

Ah, sí. Ella va a salir todo el día. Podemos
hacer algo . . .

—¿Qué?

—Te espero esta noche en la recámara

"Love her? She loves me. She sacrifices herself for me."

"But she's an old woman, almost a corpse. You can't . . ."

"She has more life than I do. Yes, she's old and repulsive . . . Felipe, I don't want to become . . . to be like her . . . another . . ."

"She's trying to bury you alive. You've got to be reborn, Aura."

"You have to die before you can be reborn . . . No, you don't understand. Forget about it, Felipe. Just have faith in me."

"If you'd only explain."

"Just have faith in me. She's going to be out today for the whole day."

"She?"

"Yes, the other."

"She's going out? But she never . . ."

"Yes, sometimes she does. She makes a great effort and goes out. She's going out today. For all day. You and I could . . ."

"Go away?"

"If you want to."

"Well . . . perhaps not yet. I'm under

de mi tía. Te espero como siempre.

Te dará la espalda, se irá tocando esa campana, como los leprosos que con ella pregonan su cercanía, advierten a los incautos: "Aléjate, aléjate". Tú te pones la camisa y el saco, sigues el ruido espaciado de la campana que se dirige, enfrente de ti, hacia el comedor; dejas de escucharlo al entrar a la sala: viene hacia ti, jorobada, sostenida por un báculo nudoso, la viuda de Llorente, que sale del comedor, pequeña, arrugada, vestida con ese traje blanco, ese velo de gasa teñida, rasgada, pasa a tu lado sin mirarte, sonándose con un pañuelo, sonándose y escupiendo continuamente, murmurando:—Hoy no estaré en la casa, señor Montero. Confío en su trabajo. Adelante usted. Las memorias de mi esposo deben ser publicadas.

Se alejará, pisando los tapetes con sus pequeños pies de muñeca antigua, apoyada en ese bastón, escupiendo, estornudando como si quisiera expulsar algo de sus vías respiratorias, de sus pulmones congestionados. Tú tienes la voluntad de no seguirla

contract. But as soon as I can finish the work, then . . ."

"Ah, yes. But she's going to be out all day. We could do something."

"What?"

"I'll wait for you this evening in my aunt's bedroom. I'll wait for you as always."

She turns away, ringing her bell like the lepers who use a bell to announce their approach, telling the unwary: "Out of the way, out of the way." You put on your shirt and coat and follow the sound of the bell calling you to the dining room. In the parlor the widow Llorente comes toward you, bent over, leaning on a knobby cane; she's dressed in an old white gown with a stained and tattered gauze veil. She goes by without looking at you, blowing her nose into a handkerchief, blowing her nose and spitting. She murmurs, "I won't be at home today, Señor Montero. I have complete confidence in your work. Please keep at it. My husband's memoirs must be published."

con la mirada; dominas la curiosidad que sientes ante ese traje de novia amarillento, extraído del fondo del viejo baúl que está en la recámara . . .

Apenas pruebas el café negro y frío que te espera en el comedor. Permaneces una hora sentado en la vieja y alta silla ojival, fumando, esperando los ruidos que nunca llegan, hasta tener la seguridad de que la anciana ha salido de la casa y no podrá sorprenderte. Porque en el puño, apretada, tienes desde hace una hora la llave del arcón y ahora te diriges, sin hacer ruido, a la sala, al vestíbulo donde esperas quince minutos más —tu reloj te lo dirá— con el oído pegado a la puerta de doña Consuelo, la puerta que en seguida empujas leve-mente, hasta distinguir, detrás de la red de araña de esas luces devotas, la cama vacía, revuelta, sobre la que la coneja roe sus zanahorias crudas: la cama siempre ro-ciada de migajas que ahora tocas, como si creyeras que la pequeñísima anciana pu-diese estar escondida entre los pliegues de la sábanas.

She goes away, stepping across the carpets with her tiny feet, which are like those of an antique doll, and supporting herself with her cane, spitting and sneezing as if she wanted to clear something from her congested lungs. It's only by an effort of the will that you keep yourself from following her with your eyes, despite the curiosity you feel at seeing the yellowed bridal gown she's taken from the bottom of that old trunk in her bedroom.

You scarcely touch the cold coffee that's waiting for you in the dining room. You sit for an hour in the tall, arch-back chair, smoking, waiting for the sounds you never hear, until finally you're sure the old lady has left the house and can't catch you at what you're going to do. For the last hour you've had the key to the trunk clutched in your hand, and now you get up and silently walk through the parlor into the hallway, where you wait for another fifteen minutes—your watch tells you how long—with your ear against Señora Consuelo's door. Then you slowly push it open

Caminas hasta el baúl colocado en el rincón; pisas la cola de una de esas ratas que chilla, se escapa de la opresión de tu suela, corre a dar aviso a las demás ratas cuando tu mano acerca la llave de cobre a la chapa pesada, enmohecida, que rechina cuando introduces la llave, apartas el candado, levantas la tapa y escuchas el ruido de los goznes enmohecidos. Sustraes el tercer folio —cinta roja— de las memorias y al levantarlo encuentras esas fotografías viejas, duras, comidas de los bordes, que también tomas, sin verlas, apretando todo el tesoro contra tu pecho, huyendo sigilosamente, sin cerrar siquiera el baúl, olvidando el hambre de las ratas, para traspasar el umbral, cerrar la puerta, recargarte contra la pared del vestíbulo, respirar normalmente, subir a tu cuarto.

Allí leerás los nuevos papeles, la continuación, las fechas de un siglo en agonía. El general Llorente habla con su lenguaje más florido de la personalidad de Eugenia de Montijo, vierte todo su respeto hacia la figura de Napoleón el Pequeño, exhuma su

until you can make out, beyond the spider's web of candles, the empty bed on which her rabbit is gnawing at a carrot: the bed that's always littered with scraps of bread, and that you touch gingerly as if you thought the old lady might be hidden among the rumples of the sheets. You walk over to the corner where the trunk is, stepping on the tail of one of those rats; it squeals, escapes from your foot, and scampers off to warn the others. You fit the copper key into the rusted padlock, remove the padlock, and then raise the lid, hearing the creak of the old, stiff hinges. You take out the third portion of the memoirs—it's tied with a red ribbon—and under it you discover those photographs, those old, brittle, dog-eared photographs. You pick them up without looking at them, clutch the whole treasure to your breast, and hurry out of the room without closing the trunk, forgetting the hunger of the rats. You close the door, lean against the wall in the hallway till you catch your breath, then climb the stairs to your room.

retórica más marcial para anunciar la guerra franco-prusiana, llena páginas de dolor ante la derrota, arenga a los hombres de honor contra el monstruo republicano, ve en el general Boulanger un rayo de esperanza, suspira por México, siente que en el caso Dreyfus el honor —siempre el honor— del ejército ha vuelto a imponerse... Las hojas amarillas se quiebran bajo tu tacto; ya no las respetas, ya sólo buscas la nueva aparición de la mujer de ojos verdes: "Sé por qué lloras a veces, Consuelo. No te he podido dar hijos, a ti, que irradias la vida..." Y después: "Consuelo, no tientes a Dios. Debemos conformarnos. ¿No te basta mi cariño? Yo sé que me amas; lo siento. No te pido conformidad, porque ello sería ofenderte. Te pido, tan sólo, que veas en ese gran amor que dices tenerme algo suficiente, algo que pueda llenarnos a los dos sin necesidad de recurrir a la imaginación enfermiza..." Y en otra página: "Le advertí a Consuelo que esos brebajes no sirven para nada. Ella insiste en cultivar sus propias plantas en el jardín.

Up there you read the new pages, the continuation, the events of an agonized century. In his florid language General Llorente describes the personality of Eugenia de Montijo, pays his respects to Napoleon the Little, summons up his most martial rhetoric to proclaim the Franco-Prussian War, fills whole pages with his sorrow at the defeat, harangues all men of honor about the Republican monster, sees a ray of hope in General Boulanger, sighs for Mexico, believes that in the Dreyfus affairs the honor—always that word "honor"—of the army has asserted itself again.

The brittle pages crumble at your touch: you don't respect them now, you're only looking for a reappearance of the woman with green eyes. "I know why you weep at times, Consuelo. I have not been able to give you children, although you are so radiant with life . . ." And later: "Consuelo, you should not tempt God. We must reconcile ourselves. Is not my affection enough? I know that you love me; I feel

131

Dice que no se engaña. Las hierbas no la fertilizarán en el cuerpo, pero sí en el alma..." Más tarde: "La encontré delirante, abrazada a la almohada. Gritaba: 'Sí, sí, sí, he podido: la he encarnado; puedo convocarla, puedo darle vida con mi vida'. Tuve que llamar al médico. Me dijo que no podría calmarla, precisamente porque ella estaba bajo el efecto de narcóticos, no de excitantes..." Y al fin: "Hoy la descubrí, en la madrugada, caminando sola y descalza a lo largo de los pasillos. Quise detenerla. Pasó sin mirarme, pero sus palabras iban dirigidas a mí. 'No me detengas —dijo—; voy hacia mi juventud, mi juventud viene hacia mí. Entra ya, está en el jardín, ya llega'... Consuelo, pobre Consuelo... Consuelo, también el demonio fue un ángel, antes..."

No habrá más. Allí terminan las memorias del general Llorente: "*Consuelo, le démon aussi était un ange, avant...*"

Y detrás de la última hoja, los retratos. El retrato de ese caballero anciano, vestido

132

it. I am not asking you for resignation, because that would offend you. I am only asking you to see, in the great love which you say you have for me, something sufficient, something that can fill both of us, without the need of turning to sick imaginings . . ." On another page: "I told Consuelo that those medicines were utterly useless. She insists on growing her own herbs in the garden. She says she is not deceiving herself. The herbs are not to strengthen the body, but rather the soul." Later: "I found her in a delirium, embracing the pillow. She cried, 'Yes, yes, yes, I've done it, I've re-created her! I can invoke her, I can give her life with my own life!' It was necessary to call the doctor. He told me he could not quiet her, because the truth was that she was under the effects of narcotics, not of stimulants." And finally: "Early this morning I found her walking barefooted through the hallways. I wanted to stop her. She went by without looking at me, but her words were directed to me. 'Don't stop me,' she said. 'I'm going toward

133

de militar: la vieja fotografía con las letras en una esquina: *Moulin, Photographe, 35 Boulevard Haussmann* y la fecha *1894*. Y la fotografía de Aura: de Aura con sus ojos verdes, su pelo negro recogido en bucles, reclinada sobre esa columna dórica, con el paisaje pintado al fondo: el paisaje de Lorelei en el Rin, el traje abotonado hasta el cuello, el pañuelo en una mano, el polisón: Aura y la fecha *1876*, escrita con tinta blanca y detrás, sobre el cartón doblado del daguerrotipo, esa letra de araña: *Fait pour notre dixième anniversaire de mariage* y la firma, con la misma letra, *Consuelo Llorente*. Verás, en la tercera foto, a Aura en compañía del viejo, ahora vestido de paisano, sentados ambos en una banca, en un jardín. La foto se ha borrado un poco: Aura no se verá tan joven como en la primera fotografía, pero es ella, es él, es... eres tú.

Pegas esas fotografías a tus ojos, las levantas hacia el tragaluz: tapas con una mano la barba blanca del general Llorente, lo imaginas con el pelo negro y siempre te

my youth, and my youth is coming toward me. It's coming in, it's in the garden, it's come back . . .' Consuelo, my poor Consuelo! Even the devil was an angel once."

There isn't any more. The memoirs of General Llorente end with that sentence: "*Consuelo, le démon aussi était un ange, avant . . .*"

And after the last page, the portraits. The portrait of an elderly gentleman in a military uniform, an old photograph with these words in one corner: "*Moulin, Photographe, 35 Boulevard Haussmann*" and the date "*1894*." Then the photograph of Aura, of Aura with her green eyes, her black hair gathered in ringlets, leaning against a Doric column with a painted landscape in the background: the landscape of a Lorelei in the Rhine. Her dress is buttoned up to the collar, there's a handkerchief in her hand, she's wearing a bustle: Aura, and the date "*1876*" in white ink, and on the back of the daguerreotype, in spidery handwriting: "*Fait pour notre dixième anniversaire de mariage,*" and a

encuentras, borrado, perdido, olvidado, pero tú, tú, tú.

La cabeza te da vueltas, inundada por el ritmo de ese vals lejano que suple la vista, el tacto, el olor de plantas húmedas y perfumadas: caes agotado sobre la cama, te tocas los pómulos, los ojos, la nariz, como si temieras que una mano invisible te hubiese arrancado la máscara que has llevado durante veintisiete años: esas facciones de goma y cartón que durante un cuarto de siglo han cubierto tu verdadera faz, tu rostro antiguo, el que tuviste antes y habías olvidado. Escondes la cara en la almohada, tratando de impedir que el aire te arranque las facciones que son tuyas, que quieres para ti. Permaneces con la cara hundida en la almohada, con los ojos abiertos detrás de la almohada, esperando lo que ha de venir, lo que no podrás impedir. No volverás a mirar tu reloj, ese objeto inservible que mide falsamente un tiempo acordado a la vanidad humana, esas manecillas que marcan tediosamente las largas horas inventadas para engañar el verdadero

signature in the same hand, *"Consuelo Llorente."* In the third photograph you see both Aura and the old gentleman, but this time they're dressed in outdoor clothes, sitting on a bench in a garden. The photograph has become a little blurred: Aura doesn't look as young as she did in the other picture, but it's she, it's he, it's . . . it's you. You stare and stare at the photographs, then hold them up to the skylight. You cover General Llorente's beard with your finger, and imagine him with black hair, and you only discover yourself: blurred, lost, forgotten, but you, you, you.

Your head is spinning, overcome by the rhythms of that distant waltz, by the odor of damp, fragrant plants: you fall exhausted on the bed, touching your cheeks, your eyes, your nose, as if you were afraid that some invisible hand had ripped off the mask you've been wearing for twenty-seven years, the cardboard features that hid your true face, your real appearance, the appearance you once had but then forgot. You bury your face in the pillow, try-

tiempo, el tiempo que corre con la velocidad insultante, mortal, que ningún reloj puede medir. Una vida, un siglo, cincuenta años: ya no te será posible imaginar esas medidas mentirosas, ya no te será posible tomar entre las manos ese polvo sin cuerpo.

Cuando te separes de la almohada, encontrarás una oscuridad mayor alrededor de ti. Habrá caído la noche.

Habrá caído la noche. Correrán, detrás de los vidrios altos, las nubes negras, veloces, que rasgan la luz opaca que se empeña en evaporarlas y asomar su redondez pálida y sonriente. Se asomará la luna, antes de que el vapor oscuro vuelva a empañarla.

Tú ya no esperarás. Ya no consultarás tu reloj. Descenderás rápidamente los peldaños que te alejan de esa celda donde habrán quedado regados los viejos papeles, los daguerrotipos desteñidos; descenderás al pasillo, te detendrás frente a la puerta de la señora Consuelo, escucharás tu propia voz, sorda, transformada después de tantas horas de silencio:

ing to keep the wind of the past from tearing away your own features, because you don't want to lose them. You lie there with your face in the pillow, waiting for what has to come, for what you can't prevent. You don't look at your watch again, that useless object tediously measuring time in accordance with human vanity, those little hands marking out the long hours that were invented to disguise the real passage of time, which races with a mortal and insolent swiftness no clock could ever measure. A life, a century, fifty years: you can't imagine those lying measurements any longer, you can't hold that bodiless dust within your hands.

When you look up from the pillow, you find you're in darkness. Night has fallen.

Night has fallen. Beyond the skylight the swift black clouds are hiding the moon, which tries to free itself, to reveal its pale, round, smiling face. It escapes for only a moment, then the clouds hide it again. You haven't got any hope left. You don't even look at your watch. You hurry down

—Aura . . .

Repetirás:

—Aura . . .

Entrarás a la recámara. Las luces de las veladoras se habrán extinguido. Recordarás que la vieja ha estado ausente todo el día y que la cera se habrá consumido, sin la atención de esa mujer devota. Avanzarás en la oscuridad, hacia la cama. Repetirás:

—Aura . . .

Y escucharás el leve crujido de la tafeta sobre los edredones, la segunda respiración que acompaña la tuya: alargarás la mano para tocar la bata verde de Aura; escucharás la voz de Aura:

—No . . . no me toques . . . Acuéstate a mi lado . . .

Tocarás el filo de la cama, levantarás las piernas y permanecerás inmóvil, recostado. No podrás evitar un temblor:

—Ella puede regresar en cualquier momento . . .

—Ella ya no regresará.

—¿Nunca?

—Estoy agotada. Ella ya se agotó. Nunca

the stairs, out of that prison cell with its old papers and faded daguerreotypes, and stop at the door of Señora Consuelo's room, and listen to your own voice, muted and transformed after all those hours of silence: "Aura . . ."

Again: "Aura . . ."

You enter the room. The votive lights have gone out. You remember that the old lady has been away all day: without her faithful attention the candles have all burned up. You grope forward in the darkness to the bed.

And again: "Aura . . ."

You hear a faint rustle of taffeta, and the breathing that keeps time with your own. You reach out your hand to touch Aura's green robe.

"No. Don't touch me. Lie down at my side."

You find the edge of the bed, swing up your legs, and remain there stretched out and motionless. You can't help feeling a shiver of fear: "She might come back any minute."

he podido mantenerla a mi lado más de tres días.

—Aura . . .

Querrás acercar tu mano a los senos de Aura. Ella te dará la espalda: lo sabrás por la nueva distancia de su voz.

—No . . . No me toques . . .

—Aura . . . te amo.

—Sí, me amas. Me amarás siempre, dijiste ayer . . .

—Te amaré siempre. No puedo vivir sin tus besos, sin tu cuerpo . . .

—Bésame el rostro; sólo el rostro.

Acercarás tus labios a la cabeza reclinada junto a la tuya, acariciarás otra vez el pelo largo de Aura: tomarás violentamente a la mujer endeble por los hombros, sin escuchar su queja aguda; le arrancarás la bata de tafeta, la abrazarás, la sentirás desnuda, pequeña y perdida en tu abrazo, sin fuerzas, no harás caso de su resistencia gemida, de su llanto impotente, besarás la piel del rostro sin pensar, sin distinguir: tocarás esos senos flácidos cuando la luz penetre suavemente y te sorprenda, te obligue a

"She won't come back."

"Ever?"

"I'm exhausted. She's already exhausted. I've never been able to keep her with me for more than three days."

"Aura . . ."

You want to put your hand on Aura's breasts. She turns her back: you can tell by the difference in her voice.

"No . . . Don't touch me . . ."

"Aura . . . I love you."

"Yes. You love me. You told me yesterday that you'd always love me."

"I'll always love you, always. I need your kisses, your body . . ."

"Kiss my face. Only my face."

You bring your lips close to the head that's lying next to yours. You stroke Aura's long black hair. You grasp that fragile woman by the shoulders, ignoring her sharp complaint. You tear off her taffeta robe, embrace her, feel her small and lost and naked in your arms, despite her moaning resistance, her feeble protests, kissing her face without thinking, without

apartar la cara, buscar la rendija del muro
por donde comienza a entrar la luz de la
luna, ese resquicio abierto por los ratones,
ese ojo de la pared que deja filtrar la luz pla-
teada que cae sobre el pelo blanco de Aura,
sobre el rostro desgajado, compuesto de ca-
pas de cebolla, pálido, seco y arrugado como
una ciruela cocida: apartarás tus labios de
los labios sin carne que has estado besando,
de las encías sin dientes que se abren ante
ti: verás bajo la luz de la luna el cuerpo desnudo de la vieja, de la señora Consuelo,
flojo, rasgado, pequeño y antiguo, tem-
blando ligeramente porque tú lo tocas, tú
lo amas, tú has regresado también . . .

Hundirás tu cabeza, tus ojos abiertos, en
el pelo plateado de Consuelo, la mujer que
volverá a abrazarte cuando la luna pase,
tea tapada por las nubes, los oculte a ambos, se lleve en el aire, por algún tiempo, la
memoria de la juventud, la memoria en-
carnada.

—Volverá, Felipe, la traeremos juntos.
Deja que recupere fuerzas y la haré regresar . . .

distinguishing, and you're touching her withered breasts when a ray of moonlight shines in and surprises you, shines in through a chink in the wall that the rats have chewed open, an eye that lets in a beam of silvery moonlight. It falls on Aura's eroded face, as brittle and yellowed as the memoirs, as creased with wrinkles as the photographs. You stop kissing those fleshless lips, those toothless gums: the ray of moonlight shows you the naked body of the old lady, of Señora Consuelo, limp, spent, tiny, ancient, trembling because you touch her. You love her, you too have come back . . .

You plunge your face, your open eyes, into Consuelo's silver-white hair, and you'll embrace her again when the clouds cover the moon, when you're both hidden again, when the memory of youth, of youth re-embodied, rules the darkness.

"She'll come back, Felipe. We'll bring her back together. Let me recover my strength and I'll bring her back . . ."